魯迅
在S會館

劉紅卿 著

「不在沉默中爆發，就在沉默中死亡。」
人性的欲望、破碎的夢想、現代社會的心靈創傷

崧燁文化

目錄

目錄

前言

盼望了許久，這部作品終於要出版了。身為寫作十八年的一個寫作人，我的內心是五味雜陳，一言難盡。

寫作正如人生，總有很多需要學習的地方。時不待我，我沒有太多可以驕傲的資本。在整理這些小說和戲劇作品的時候，我才發現這十八年裡我寫的作品還是太少了。這個發現給我警醒，也督促我在當下和今後的日子裡，要更加專注地學習和寫作，要寫出更多好的作品，以回報老師、父母和同學們的幫助，回報我此生的經歷和生活。

我願意借這些作品出版之際，把以前的作品歸零，帶著愛的初心，重新出發，重新寫作！

也深深感謝這些作品給我深深的陪伴和支持，她們早就成為我的家人，成為了我內在和靈魂很重要的一部分。深深感謝她們給我無限的滋養！

也深深感謝我的高中老師和同學們，深深感謝馬朝雲老師、馮錦珂、張冰冰、劉朋剛、田雷海、郭延輝、張海燕、賈香蝶、井麗靜和李豐傑等人給我的深深支持；深深感謝馬德普教授、王國慶老師、陳恢欽教授、苗國強、李新渠、劉寶平、賀振勇、李冰、胡四收、侯守銀、李玲玲、顏君烈、趙華、楊志敏、石義霞、尚志民、楊立華、王人可、查文白、尹雋、顧雷、石文學、羅羅、高磊、閔勝、黃顯光、李虎和李斯博等人給予我的深深支持和幫助！

深深感謝劉燁大哥幫我聯繫出版社！

深深感謝幫助過我的所有老師、同學和朋友們！

深深感謝一起演出過的演員們和演職人員們！

深深感謝我的父親和母親，深深感謝我的爺爺和奶奶，深深感謝我的外

5

前言

公和外婆，深深感謝我的姑姑和叔叔們，深深感謝舅舅和小姨，感謝我的姐姐和弟弟們，感謝我的所有親人和祖先們！

深深感謝戲劇、電影、小說和美好的藝術作品們！

深深地感謝偉大的藝術家們！

深深地感謝生活！

深深地感謝我經歷的一切，深深感謝那個無論遇到多大挑戰依然熱愛寫作的我自己！

讓我們一起加油，創造出更多美好的作品，創造出更美好的世界！

《白兔》戲劇劇本

劇本梗概

《白兔》是一部帶有表現主義風格的話劇作品，糅合了戲曲和舞蹈多種元素。在創作中，它受中國戲曲《白兔記》影響比較大，展現了藝術家的孤獨和母子之間的情仇糾葛。

路易斯是個三十歲的小說家，在寫作中陷入困境。一天，路易斯在公園裡看書，一個追逐白兔的瘋婆子李三娘突然出現在他的面前，雖然百般找話題搭訕，路易斯都是勉強回應，直到李三娘說起「白兔的故事」，路易斯才如夢初醒，這才明白真相……

「十六年，十指連心思嬌兒，

強延殘喘到今天。

昨夜晚，夢見白兔從天降，

牠口叫娘親淚漣漣。

我抱在懷裡心似割，

好似那，嬌兒回到娘身邊。

曾記得，玉兔掛在兒胸前，

莫非牠，化作白兔與娘親，夢中相見……」

——越劇《李三娘》

人物：

路易斯，男，三十多歲，身體有點發福，帶黑框眼鏡，穿一身過季衣服。衣服合體，但已有破損。他身上有書卷之氣，也有落魄潦倒之態。

李三娘，女，五十多歲，滿臉皺紋，赤裸著雙腳，花白頭髮蓬鬆，身穿又髒又破的黑大褂，手提一個黑色的垃圾袋，手裡拄著一支比她更長的竹竿，下端開了裂。她有時候神情恍惚，心不在焉，有時候卻又激動得眼睛裡放光。她像個撿破爛的乞丐，又像個瘋癲的精神病人。

劉承佑，男，戲曲演員。

戲曲李三娘，女，戲曲演員。

其他人物：兔子、烏鴉、青蛙、兔女郎等

地點：都市裡偏僻公園

時間：秋季的一天

第一場

【舞臺上左右兩側各有一條公園長凳，面朝觀眾。長凳後面是一棵楓樹，上面掛滿了紅色的楓葉，天空碧藍。舞臺另一側是個斜坡，一棵高大的玉桂樹長在那裡，茂密的桂樹葉子擋著舞臺的出口，玉桂樹後露出磨坊的一角。玉桂樹上停著一隻烏鴉。玉桂樹下有個八角井臺，井臺破舊，偶爾有青蛙的叫聲從井裡傳出，井臺上蓋著一塊大石頭，旁邊還放著兩塊石頭。

【開場時，路易斯坐在左側的長凳上，膝蓋上放著筆記本，筆記本上墊著一

本書，路易斯不時在筆記本上寫上幾句。他腳下放著一個袋子，裡面塞著紅繩子。路易斯放下筆，盯著玉桂樹看。井裡的青蛙叫了幾聲。路易斯取下眼鏡，用衣服擦拭著鏡片。桂樹叢裡傳來窸窸窣窣的聲音，李三娘背著一個黑袋子，吃力的從桂樹葉子裡鑽出來。路易斯吃驚的盯著她看。李三娘爬了幾步，借助竹竿的幫助，費力的站起來，費力的走了幾步，腳步踉蹌，李三娘倒地。

【路易斯慌忙戴上眼鏡，埋頭在筆記本上胡亂寫上幾句。青蛙叫。李三娘在地上掙扎了好幾下。】

李三娘：救我，救救我 —— 有人嗎？（衝路易斯喊起來）這裡有人嗎？救我，救救可憐的老太婆！

【路易斯轉過身子，繼續埋頭在本上寫著什麼。】

李三娘：這年頭，良心都讓狗吃了！哼，必須靠自己，什麼都要靠自己啊！哎喲娘呀，我的腰，哎喲媽呀，我的腿 ——

【她掙扎了好半天，卻一下子毫不費力的爬起來，又輕鬆的走了好幾步。路易斯吃驚的盯著她看。】

李三娘：哈哈，好了，就像他們說的，我又恢復了正常。（踢腿，打拳）做正常人真好，再也不用擔心被抬走，再也不用擔心關在小黑屋裡……

【她在路易斯面前打蛇拳，手掌在路易斯面前晃來晃去，路易斯的眼睛跟著她的手掌轉動。】

路易斯：噢。

李三娘：哈哈！

【路易斯明白自己上了當，厭惡的背過臉。】

李三娘：（繼續打拳）吼 —— 吼 —— 嘿 —— 吼 —— 哎喲 ——（她絆倒在地）哎喲我的親媽啊，我的大腿！哎喲呦我的親娘啊，我的腰啊 ——

《白兔》戲劇劇本

誰來救我，有人嗎？救救我，快來救我 ——

【她把手伸向路易斯，路易斯轉過身體，繼續把頭埋頭寫作。】

李三娘：哼，沒良心的狗東西！

【她扶著地上的竹竿，慢慢站起來，搖搖晃晃，就像一個老太婆那樣走到路易斯面前。】

李三娘：我看見白兔了，大白兔子，白得像鹽，像雪花，像珍珠……（路易斯沒抬頭）我說了，我看見白兔了。年輕人，我看見白兔了。

路易斯：什麼？你說什麼？

李三娘：我說我看見白兔了。

路易斯：噢。（停頓）

李三娘：好大的一隻白兔啊，蹦蹦跳跳，跑得比箭還快。我豁出老命在後面追呀追。我知道，只要抓住那隻白兔子，就會有好運來。白兔在前面蹦啊跳啊，我在後面追啊趕啊，可把我給累死了。

路易斯：後來呢？

李三娘：什麼後來？

路易斯：你抓到那隻白兔了嗎？

李三娘：我被一塊大石頭絆倒了……

路易斯：白兔呢？

李三娘：一蹦一跳跑走了。

路易斯：太遺憾了。（停頓）

李三娘：怎麼了？

路易斯：什麼？

李三娘：你剛才說太遺憾了，那是啥意思？

路易斯：我，我是說白兔是寶物，抓住牠就能帶來好運。

李三娘：真，真的？

路易斯：我想是的。

李三娘：你怎麼知道啊？

路易斯：書上都是這麼寫的。

李三娘：屁。書上還寫著忠孝仁義禮智信呢，可是你看看周圍怎麼樣，一個個不都是掛著羊頭賣狗肉嗎？

路易斯：嗯，也不全是這樣吧。

李三娘：怎麼不是？你沒看電視上的新聞報導，不是老教師鞭打小學生，就是兒子殺死全家，天啊天啊，這是什麼世道啊！

路易斯：噢。（停頓，路易斯看書）

李三娘：我說這些你不愛聽吧？

路易斯：噢。（停頓）

李三娘：我老了，想起什麼就說什麼。

路易斯：噢。（埋頭看書）

李三娘：看來你不想和我這個老太婆聊天。

路易斯：嗯？

李三娘：我說你不想和我聊天。

路易斯：聊天？我們？

李三娘：對啊，你不想和我聊天吧？

路易斯：不，沒有。（停頓）

李三娘：一直是我一個人在說。

路易斯：嗯。

李三娘：你對我不感興趣。

路易斯：嗯，嗯。

《白兔》戲劇劇本

　　李三娘：對了，你知道今天是什麼日子嗎？

　　路易斯：不。（翻書）

　　李三娘：今天是中秋節呀！

　　路易斯：中秋節？

　　李三娘：你不知道嗎？

　　路易斯：今天真的是中秋節？

　　李三娘：當然是中秋節，不然公園裡也不會沒有一個人……

　　路易斯：中秋節……（站起來）

　　李三娘：大家都忙著買月餅買燒雞買烤鴨，在清涼的月光之下，一家人圍著一個桌子吃著熱情騰騰的晚餐，那真叫絕啊，年輕人，你怎麼不回家過節呢？

　　路易斯：不，我沒有家……

【路易斯走到右側的長凳上，躺了下來。】

　　李三娘：你怎麼會沒有家呢？（停頓）所有人都有家，到了中秋節這一天，每個人都回到家裡和親人團聚，你不知道家人重逢的滋味有多美。（路易斯發出鼾聲）你對這個話題不感興趣。（停頓）我必須要找到個新話題，這樣才行。

【李三娘模仿青蛙的叫聲。】

　　李三娘：呱，呱 —— 喂，青蛙在叫呢！（路易斯沒動，依舊發出鼾聲）看來這個話題還沒多大意思。（模仿烏鴉的叫聲）呱，呱，烏鴉也在叫，呱 ——（路易斯翻了個身，發出鼾聲）看來我必須使出看家本領了。（用力的清嗓子。）咳，咳，咳。（路易斯的鼾聲停止）嗯，看來奏效了。不錯，不錯，加油，加油！（更加賣力的清嗓子。）咳，咳，咳 ——

【李三娘突然用誇張的舞臺腔朗誦一首詩歌，路易斯猛的坐了起來。】

李三娘：（朗誦）天上一朵白雲彩，

地上一隻小白兔，

白雲天上飄啊飄，

白兔地上跑啊跑；

『白雲白雲你去哪？』

小兔小兔悄聲問。

『兒子兒子不見了，

我要找他到天涯，

跨北海啊越西湖。

我都沒看到兒子，

我傷心我淚流……

白兔白兔你去哪？』

白雲白雲關心問。

『兒子兒子不見了，

我要尋他到海角。

走西口啊闖關東，

我都沒找到兒子，

我心碎我吐血……』

白雲哭紅了鼻子，

白兔哭紅了雙眼！

兒子兒子你在哪？

姆媽姆媽眼變瞎……

兒子兒子你在哪？

姆媽姆媽心被殺……

路易斯：（自言自語）姆媽，姆媽……

【烏鴉叫。路易斯和李三娘待在那裡。】

第二場

【戲曲的鑼鼓點響起。一隻白兔子拉著戲曲李三娘上場。】

戲曲李三娘：（唱）白天裡挑水拾樹杆，夜晚研磨五更敲。

我穿不暖吃不飽，度日如年心似油澆……

自別後從未見過兒的相貌，

也不知如今我兒長得有多高；

我哭聲苦啊，怎不回轉，

娘的兒啊，難道說你也把為娘我忘掉。

【戲曲李三娘搖晃著就要倒地，白兔拉著戲曲李三娘下場。】

第三場

【李三娘和路易斯打了個哈欠，彷彿剛從睡夢中醒來。停頓。】

路易斯：你看見什麼了嗎？

李三娘：什麼？看見什麼？

路易斯：一隻白兔子。

李三娘：在哪裡？在哪裡？

路易斯：哦，一定是我眼花了。（停頓）

李三娘：超市，肚子餓得咕咕叫……

路易斯：什麼？

李三娘：你要去那家超市嗎？

路易斯：哪家？

李三娘：就是法國人開的那家，挺大的，那裡賣什麼的都有……

路易斯：不。

李三娘：超市裡賣什麼的都有。棒棒糖，牛皮糖，巧克力，果汁，腰果，還有果凍，洋芋片，麻花，酸梅汁，還有椰汁奶糖，蘋果奶糖，核桃奶糖，大白兔奶糖，小白兔奶糖，不大不小白兔奶糖……都是小孩子愛吃的……

路易斯：嗯……

李三娘：可是我除了熱牛奶什麼都不買，寶貝只喜歡熱牛奶，有時候一天能喝三大瓶呢……你喜歡喝熱牛奶還是涼牛奶？

路易斯：不熱不涼的咖啡。（停頓）

李三娘：嗯，挺怪的口味。（轉身自言自語）沒少讓你媽操心，一定是壞孩子……熱牛奶，對，我要去超市……

路易斯：嗯，去吧。

李三娘：我是想去，可是我，我……

路易斯：怎麼了？

李三娘：沒有……我沒有……

路易斯：什麼？

李三娘：錢……我，我出來太匆忙……忘，忘……

路易斯：哦……

李三娘：有些話很難說出口……人都是有尊嚴的……

路易斯：嗯，是啊……

李三娘：寶貝餓壞了，兩天都沒喝一口熱奶，我出來時在家哇哇哭得可凶呢……

《白兔》戲劇劇本

路易斯：哦，這樣啊……

李三娘：以前的時候，人們睡覺都不鎖門，現在出去十分鐘你就要鎖上三重門，房間裡再放開兩條大狼狗，可是等你辦完事回到家，最後還是發現門被撬開，狗被毒死，東西被搶個精光……心都狠著呢。

路易斯：嗯，嗯……

李三娘：你別光「嗯，嗯」的，也說說你的事啊。

路易斯：我……我的事？

李三娘：對啊，不然光我一個人說怪沒意思的。（戲劇腔調）嗯，獨白多麼無趣，我喜歡對白，啊，對白，美好的對白——

路易斯：嗯，嗯……

李三娘：就算兩個人各說各的話，就算驢唇不對馬嘴，也總比一個人呱唧呱唧強啊。

路易斯：嗯，嗯……

李三娘：（戲曲腔調）嗯，說呀，說你的故事啊——

路易斯：啊？

李三娘：說你的故事，別啊啊的，觀眾可都等著呢。

路易斯：觀眾？

李三娘：你就假裝這是個演出，觀眾都坐在我們周圍，他們焦急的等著聽你講故事呢。（停頓）這一定能刺激你的表現欲和表演熱情。

路易斯：我沒有任何熱情，生活平淡極了，就是這樣了。

李三娘：那就說說你的故事吧。

路易斯：我沒有故事。

李三娘：得了，別謙虛了，每個人都有故事。

路易斯：我真的沒有故事……

李三娘：（戲曲腔調）說啊，你就說吧 ——

路易斯：我真的不知道說什麼……

李三娘：那就說說兔子唄。

路易斯：兔子？

李三娘：對，兔子。

路易斯：可，可為什麼說兔子？

李三娘：這不是找個話題嘛……

路易斯：為什麼不說青蛙？

李三娘：說青蛙也行……

路易斯：為什麼不說烏鴉……

李三娘：說烏鴉也行……

路易斯：隨便說什麼都行？

李三娘：都行都行，你這個人怎麼婆婆媽媽的，還男子漢呢……

路易斯：嗯，我們就說兔子吧。

李三娘：兔子？

路易斯：嗯，兔子。

李三娘：為什麼不是青蛙？為什麼不是烏鴉？為什麼不是……

路易斯：我喜歡兔子……

李三娘：你喜歡兔子？

路易斯：不，我是說我喜歡兔子這個話題。這是個好話題。

李三娘：是嗎？

路易斯：嗯，每個人都想說兔子。

李三娘：嗯，嗯，嗯………

【李三娘做兔子狀，在路易斯面前蹦來蹦去，還拉他的袖子。】

《白兔》戲劇劇本

路易斯：嗯，嗯，兔子是人類的好朋友……

李三娘：你還養過兔子。

路易斯：我養過兔子？

李三娘：黑兔子，對，你養過黑兔子！

路易斯：我沒養過黑兔子。

李三娘：沒養過？

路易斯：真沒養過，騙你是小狗。

李三娘：（抓頭髮）那白兔子呢？

路易斯：也沒養過白兔子。

李三娘：黃兔子呢？

路易斯：也沒有。

李三娘：花兔子，對，你養過花兔子！

路易斯：花兔子？

李三娘：對，你一定養過花兔子！

路易斯：沒有，真沒有。

李三娘：花，花什麼……對了，你養過花什麼？

路易斯：我養過花母雞。

李三娘：好吧好吧，你就講講吧。

路易斯：什麼？

李三娘：你和花母雞的故事。

路易斯：怎麼講啊？

李三娘：哎呀笨死了！

路易斯：我真的不知道怎麼講……

李三娘：你可以這樣開始：以前，你養了一隻花母雞。

18

　　路易斯：哦，從前啊，我養了一隻花母雞。（停頓）

　　李三娘：後來呢？

　　路易斯：後來花母雞長大了。（停頓）

　　李三娘：再後來呢？

　　路易斯：再後來花母雞就開始下蛋，再後來牠就被殺掉給吃了。（停頓）

　　李三娘：沒了？

　　路易斯：沒了。

　　李三娘：你，你，你……

　　路易斯：我，我，我。

　　李三娘：你不會講故事……

　　路易斯：我當然不會講故事。

　　李三娘：唉，早知道我該給你講白兔的故事。

　　路易斯：你現在可以講。

　　李三娘：我不想講了。你的花母雞故事壞了我胃口。有時候你心情很好，可眨眼間心情就壞透了。要麼是大風突然把沙子吹到你眼裡，要麼是鄰居家的狼狗衝著你嚷嚷，要麼就是烏鴉在你頭頂拉屎……什麼好心情都被破壞掉了……（兩人陷入呆滯中。停頓）今天是個好天氣，碧藍的天空中，幾朵白雲輕輕漂浮，金黃色的楓葉樹中，桂花的香氣隨風飄來……每一分鐘都是寶貴的，不能講壞故事浪費時光啊。多好的心情都敗壞了……可不能虛度光陰……

　　路易斯：哦，隨便。

【路易斯埋頭在筆記本上寫東西。停頓。井裡傳來青蛙叫聲。李三娘悄悄從袋子裡掏出一隻青蛙捧在手心，慢慢走近路易斯旁邊，把手裡的青蛙扔到路易斯的筆記本上。青蛙叫起來。路易斯跳起來，手裡的筆記本也扔在地上。】

《白兔》戲劇劇本

路易斯：哎呀我的媽呀 ——

李三娘：哈哈哈……

路易斯：你做什麼呀？

李三娘：沒做什麼啊。

路易斯：我不喜歡這樣！

李三娘：嘿，小夥子，只是個玩笑！

路易斯：我不喜歡！我真的不喜歡！

【路易斯轉過身子繼續看書。地上的青蛙叫了兩聲，李三娘也蹲在地上學青蛙叫。】

李三娘：呱 —— 呱 —— 黑青蛙錯了，你就別生氣了。

路易斯：哼。

李三娘：呱 —— 呱 —— 小夥子，你剛才叫你媽了，呱 ——

路易斯：媽？

李三娘：對啊，你說「哎喲我的媽呀 —— 」

路易斯：這只是口頭禪。

李三娘：不管是口頭禪還是二指禪，反正你叫你媽了！

路易斯：嗯……

李三娘：那就談談你媽媽吧。她在外地吧？一個人在家不容易吧？她有高血壓，還有糖尿病吧？她就你一個孩子……

路易斯：我沒有媽。

李三娘：哈，小夥子，誰都有媽。

路易斯：我就沒媽。

李三娘：那你從那裡來的？

路易斯：石頭縫裡蹦出來的。

李三娘：誰說的？

路易斯：我娘告訴我的。

李三娘：瞧瞧，你不是有媽嗎？

路易斯：我沒媽。

李三娘：那你娘呢。

路易斯：娘是娘，媽是媽。娘不是媽，媽不是娘。

李三娘：你，你，你非把我給氣死！和你這樣的人聊天，真沒意思。

路易斯：和我這樣的人聊天是沒意思。

李三娘：我，我，我不給你說了！哼 ——（一屁股坐地，路易斯也埋頭在筆記本上胡亂的畫。停頓。李三娘模仿烏鴉的叫聲）呱，呱，呱 —— 說說，呱 —— 說說吧。

路易斯：什麼？

李三娘：說說你娘的故事吧。

路易斯：我娘沒故事。

李三娘：誰都有故事。

路易斯：我娘就沒故事。

李三娘：那是你不了解。

路易斯：我了解她！

李三娘：瞧瞧，現在的年輕人就這樣尊敬母親的，我了解她，我愛她，可是我根本不知道她的故事……

路易斯：愛和了解是兩回事。

李三娘：一回事，就是一回事！

路易斯：每個人都有自己的理解。

李三娘：你的理解不對，你根本不愛你媽！

《白兔》戲劇劇本

　　路易斯：我娘！

　　李三娘：對，你根本不愛你娘！

　　路易斯：我愛我娘！

　　李三娘：我知道你不愛她，不愛她，你把她一個人扔在老家，她孤零零的，渾身還有病，寒冬臘月的，根本沒人管她！

　　路易斯：你，你，你是誰？

【路易斯和李三娘待在那裡。】

第四場

【戲曲的鑼鼓點響起。幾隻白兔跑上舞臺，戲曲演員劉承佑追趕著白兔上場。劉承佑意氣風發。】

　　劉承佑：（唱）奉懿旨承父命快馬追風 ——

　　旌旗奮戰馬嘶雪滿雕弓。

　　我父帥劉知遠接旨頒令，

　　命小將獵射那白兔皂鳳。

　　催軍馬馳雪野似玉龍騰空，

　　雁聲鳴開寶弓箭貫長虹。

【劉承佑做射箭的動作。長凳上的李三娘和路易斯動了一下。白兔子嘀著箭下。】

　　劉承佑：前面一群白兔奔逃。（做射箭動作）追！

【燈暗。】

第五場

【路易斯和李三娘打了個哈欠。】

　　路易斯：你，你是誰？

　　李三娘：別管我是誰！

　　路易斯：你真的不說嗎？（站起）公寓裡髒得像狗窩，廚房裡的髒碗擺成排，要是再不回去洗髒衣服，我就沒什麼可穿的。口袋裡還有幾塊錢，我該去買張彩券。我知道中不了，可還是要去買。這是個習慣問題。有一次我在報紙上看到一個報導，有個消費者每次都買同一注號碼，二十五年了，一次都沒缺過。最近有一次天降暴雨，他又發了燒，就沒去彩券行買彩券，結果那一期的頭獎就是他一直買的那注號碼。他氣極了，一頭撞死在彩券行⋯⋯瞧，你都快睡著了，你對這個故事沒興趣⋯⋯天冷了，公寓裡的人都不怎麼出來了。我每天都散步三小時，觀察生活，尋找創作素材。這是我的最高任務，也是我人生的最大樂趣⋯⋯我只有一床薄被子，公寓裡沒暖氣。我好久沒工作了，這個冬天一定很難過⋯⋯說這些有什麼用？⋯⋯我必須要走了，離開這裡⋯⋯（走了兩步）

　　李三娘：李三娘。

　　路易斯：什麼？

　　李三娘：我是李三娘！（停頓）

　　路易斯：哦，不認識。

　　李三娘：李三娘是我。

　　路易斯：嗯嗯⋯⋯

　　李三娘：你叫什麼名字？

　　路易斯：路易斯。

《白兔》戲劇劇本

李三娘：嗯，路易斯，路易斯。你從小就叫這個名字？

路易斯：不。

李三娘：那你小時候叫什麼名字？

路易斯：一會兒告訴你。

李三娘：好吧，臭小子，我等著。

路易斯：這裡的陽光真暖和，公寓裡的蟑螂爬來爬去，牆角總掛著一個蜘蛛網，一隻黑色的大蜘蛛趴在網中央，交配後牠要吃掉情人的身體，然後一次產下五百多顆卵蟲。卵蟲躲在卵袋裡，母蜘蛛用蛛絲把牠們纏在背上，隨身攜帶。牠要是餓了，就從背上掏出一隻卵蟲吃掉……

【他轉身又坐在長凳上，埋頭在筆記本上寫東西。】

李三娘：我出來的時候寶寶哭得都要斷氣了。三天，他三天都沒吃奶了。可憐的寶寶，跟著我，糟了多少罪啊……我還好，就是餓的頭暈眼花也還能忍受，可寶寶才幾個月大啊……我跪在大街上，面前放了一個破碗……人都有尊嚴，要不是為了寶寶，誰願意低聲下氣忍受屈辱……

路易斯：說這些沒意思極了。（打了個哈欠）公寓裡的人都很快活，有人打麻將，有人看黃碟，有人放音樂舞廳。那裡遭透了。這裡多好，空氣多新鮮……

李三娘：他們心狠著呢。我跪了一天，都沒人往碗裡扔一分錢！有個痞子對我說，你的臉蛋和身子還值幾分錢，你幫我做件事，我給你一塊錢！呸！我氣急了，眼淚在眼眶裡打轉！我要是瘋狗就好了，我會惡狠狠的朝那個痞子大腿上咬幾口，反正都是死，還不如大家一起死！

路易斯：我每天都買一注彩券，每次我都買同一個號碼。有次我在街上遇見一個白鬍子老頭，他白衣飄飄，仙風道骨，他給了我一張破紙片，上面就寫著這幾個數字。我剛想問他，他「嗖」的一聲就不見了。

李三娘：在這個世界上，最痛苦的莫過於做窮人，尤其你還要照顧一個小寶寶，那就更是痛苦萬分！餓死我自己是小，餓死寶寶就不得了了……乖啊乖，聽話……他可真是我好寶寶……

路易斯：我想，白鬍子老頭一定是看我心誠，給我洩露了天機。我要一直買下去……過不了二十年，我一定能中頭獎。我要是中頭獎就好了，我就能在市區買一間房子，安心的寫我的小說……

【停頓。】

李三娘：我們說說白兔的故事吧。

路易斯：白兔？

李三娘：我來的時候，看見一隻大白兔……

路易斯：嗯，白兔，白兔。（在筆記本上記下。）

李三娘：白兔是個吉祥物，遇見白兔就會帶來好運氣。

路易斯：真的？

李三娘：你別不相信啊。有一次，一隻白兔在我面前嗖的就跑走了，十分鐘後我就撿到這麼多錢！（伸出一根手指頭）

路易斯：一塊錢？

【兩人都嚇了一跳，他們想起了什麼。長時間停頓。】

李三娘：不，不——

路易斯：十塊錢？（李三娘點頭）嗤，才十塊錢！（李三娘慌忙搖頭）一百塊錢？（李三娘點頭又搖頭）一千塊錢？到底是多少？

李三娘：你猜！

路易斯：一萬塊錢？

【李三娘得意的點點頭。】

《白兔》戲劇劇本

路易斯：嘁，不就是一萬塊錢嗎？

李三娘：小子，三十年前，這一萬塊錢可不是小數目！

路易斯：三十年前？

李三娘：對啊，三十年前的一萬塊錢等同現在的一百萬呢！

路易斯：一百萬！

李三娘：真的，小夥子，相信我沒有錯，一遇見白兔就預示著好運氣……

路易斯：嗯，好運氣……

李三娘：我剛才看見的那隻白兔雪白雪白的，有水缸那麼大……

路易斯：好運氣，彩券，彩券……

李三娘：牠朝草坪跑去，快得像閃電，我跟在後面，氣喘吁吁……

路易斯：你該去買彩券……

李三娘：那白兔神著呢，我累得實在不想跑了，牠就停在樹底下等我。等我走近了，牠又開始跑……

路易斯：真的，你真該去買彩券！

李三娘：什麼？

路易斯：你想想，看見白兔子，你就好運氣，好運氣摸彩券就能中大獎！

李三娘：中大獎？

路易斯：你想想，要是頭獎，可是有幾千萬了！

李三娘：幾千萬？

路易斯：你要是中了幾千萬，你會做什麼？

李三娘：我，我，我要養兔子。

路易斯：養兔子？

李三娘：我會開個養兔場，我要養黃兔子紫兔子花兔子白兔子黑兔子不黑不白的兔子，什麼顏色的兔子我都養！

路易斯：（從口袋裡掏出一疊一塊錢的紙幣，他拿出兩張）給，給，給！

李三娘：你，你，你……

路易斯：去，去，快去！（又拿出兩張塞到李三娘手裡）

李三娘：你太好心了……寶寶三天沒喝奶，嗚嗚……

【李三娘哭，路易斯又拿出兩張紙幣，最後把手裡的所有紙幣都塞進李三娘手裡，路易斯躲開。】

路易斯：哭什麼啊？趕快去買彩券！

李三娘：彩券？

路易斯：（舉著李三娘手裡的十塊錢）對對，我投資十塊，你去買彩券，要是中了，我們倆平分！

李三娘：（抓著路易斯拿錢的手）不給寶寶買奶喝？

路易斯：給寶寶買奶喝？

李三娘：寶寶今天不喝奶就餓死！

路易斯：彩券今天不買就不中！

李三娘：給寶寶買奶！

路易斯：給我買彩券！

【兩人搶錢。路易斯手裡的筆記本掉在地上。】

李三娘：奶 ——

路易斯：彩券 ——

李三娘：彩券 ——

路易斯：奶 ——

【錢被撕成兩半。兩人呆住】

李三娘：我的奶啊 ——

《白兔》戲劇劇本

路易斯：我的彩券啊——

【兩人繼續搶錢，錢被撕成碎片。】

李三娘：我的彩券啊——

路易斯：我的奶啊——

【他們倒在地上，錢變成碎片從他們頭頂飄走。停頓。】

李三娘：寶啊，娘不活了……

路易斯：娘啊，寶不活了……

李三娘：寶啊……

路易斯：娘啊……

【他們跪著抱在一起哭泣。青蛙的叫聲。停頓，他們猛的推開對方站起來。】

李三娘：敗家子！

路易斯：瘋婆子！

李三娘：你渾蛋——

路易斯：你操蛋——

李三娘：你，你無恥——

路易斯：你，你下流——

李三娘：你良心都讓狗吃了——

路易斯：狗都讓你良心吃了——

李三娘：天打雷劈你——

路易斯：你劈雷打天——

李三娘：你死後下油鍋！

路易斯：你活著上刀山！

李三娘：寶啊，你的娘這樣被人欺負你也不幫你的娘啊！

路易斯：娘啊，你的寶這樣被人欺負你也不幫你的寶啊！

李三娘：寶啊……

路易斯：娘啊……

李三娘：娘啊……

路易斯：寶啊……【他們衝過去，想抱住對方。他們跑到半路又突然停住，緊盯著對方。停頓。青蛙的叫聲。他們不好意思起來，都低頭撿路易斯的筆記本，他們的頭碰在一起。】

李三娘：（和路易斯同時）對不起……

路易斯：（和李三娘同時）對不起……

李三娘：（和路易斯同時）剛才是我不好……

路易斯：（和李三娘同時）剛才是我不好……

李三娘：（和路易斯同時）我……

路易斯：（和李三娘同時）我……

李三娘：（和路易斯同時）你先說……

路易斯：（和李三娘同時）你先說……

李三娘：你先你先。

路易斯：好吧。三娘，對不起，我很想給你錢，很想給你寶寶買奶喝，可是我就只有這十塊錢……

李三娘：路易斯，對不起，我很想給你買彩券，可是我知道，我就是買一百張一萬張彩券都不會中獎……

路易斯：我，我，我，總共就這十塊錢……（哭）

李三娘：我沒有……沒有看見白兔子……（哭）

【他們坐在長凳上。】

路易斯：三娘，那是我最後的錢，我窮，窮得……

李三娘：路易斯，我再也沒看見過白兔……

　　　　路易斯：三娘……

　　　　李三娘：路易斯……

【他們抱頭痛哭。舞臺正前方，一隻大兔兒爺的模型突然從舞臺上方降落到半空中，距離舞臺地面有兩米的距離，兔兒爺望著觀眾。】

第六場

【戲曲的鑼鼓音樂響起，劉承佑上場。李三娘和路易斯坐在長凳上，一直保持擁抱的姿勢。劉承佑上做射箭的動作。長凳上的李三娘和路易斯分開，他們呆滯的望著彼此。】

　　　　劉承佑：前面一群白兔奔逃。（做射箭動作）追！

【白兔拉著戲曲李三娘上場，她站在井邊，蓬頭跣足，兩鬢添霜，神情恍惚，似風中殘葉。】

　　　　戲曲李三娘：（唱）日擔水夜挨磨十六年！

　　　　水似淚淚湧泉淚深水淺，

　　　　十六年，玉桂樹老葉飄零，

　　　　我歲月煎熬白髮添。

　　　　十六年，十指連心思嬌兒，

　　　　強延殘喘到今天。

　　　　昨夜晚，夢見白兔從天降，

　　　　牠口叫娘親淚漣漣。

　　　　我抱在懷裡心似割，

　　　　好似那，嬌兒回到娘身邊。

曾記得，玉兔掛在兒胸前，

莫非牠，化作白兔與娘親，夢中相見……

【戲曲李三娘倒地。馬蹄聲響。長凳上的李三娘和路易斯站起來，表情呆滯，他們就像兩個提線木偶。李三娘手裡捧著一隻中箭的白兔子，走到戲曲李三娘身旁，李三娘把懷裡的白兔塞給戲曲李三娘。路易斯走到劉承佑身旁。】

戲曲李三娘：（夢幻的，馬蹄聲）……咬臍……（驚醒）血……（發現）啊！

果真是白兔……（站起來，用衣裙裹住抱起白兔）啊呀，牠中箭了……（拔箭，緊抱懷裡）

劉承佑：這位婦人 ——

【戲曲李三娘抬頭看路易斯，心頭熱血湧動。李三娘抬頭看劉承佑，表情激動。】

戲曲李三娘：呀！

（唱）哪來的，白袍銀盔少年郎。

霎時間，怦然心動血湧胸膛。

劉承佑：（唱）看婦人，蓬頭跣足，神色悽惶，

嘴哆嗦，似有悲苦心頭藏。

戲曲李三娘：（唱）為什麼，心發顫熱淚盈眶？

劉承佑：（唱）忍不住，愛憐之情湧心上。

李三娘：（呆滯的重複）為什麼，心發顫熱淚盈眶？

【劉承佑卸下斗篷給李三娘披上，李三娘和路易斯依然表情呆滯。】

劉承佑：請問婦人，這飛禽走獸，從來由人捕獵，你為何對這白兔如此愛憐？

路易斯：（呆滯的重複）……你為何對這白兔如此愛憐？

戲曲李三娘：（唱）這幼兔離娘懷遍體鱗傷……

李三娘：（呆滯的重複）這幼兔離娘懷遍體鱗傷……

戲曲李三娘：（唱）就像我那失散的愛子咬臍郎。

李三娘：（呆滯的重複）就像我那失散的愛子咬臍郎。

劉承佑：咬臍郎？

路易斯：（呆滯的重複）咬臍郎？

【青蛙的叫聲。】

劉承佑：什麼叫咬臍郎？

路易斯：（呆滯的）什麼叫咬臍郎？

【烏鴉和青蛙的叫聲，兩個戲曲演員下場。青蛙和烏鴉的叫聲越來越大。】

李三娘：（狂躁的叫）我那失散的愛子咬臍郎！

路易斯：（狂躁的叫）咬臍郎？什麼叫咬臍郎？

【燈滅。】

第七場

【只是天空變得陰暗，楓樹和玉桂樹的葉子也掉了一多半，玉桂樹和楓樹上各有一隻烏鴉，牠們對望著。舞臺上空吊著幾隻兔兒爺的造型，牠們距離舞臺地面約一米的距離。兔兒爺臉上的表情詭異。李三娘和路易斯坐在長凳上，李三娘身上披著上一場的斗篷，她在翻閱路易斯的筆記本。】

李三娘：咬臍郎。

路易斯：嗯，咬臍郎。

李三娘：你要寫這個故事？

路易斯：我要寫這個故事。

李三娘：這是個好故事。

路易斯：嗯，好故事。

李三娘：這麼說你是個作家？

路易斯：只是寫東西，還沒成家。

李三娘：你會是個好作家。

路易斯：我？為什麼？

李三娘：直覺，李三娘的直覺。

【路易斯站起來。】

路易斯：有十個人這樣說過。可有什麼用？文學編輯們不喜歡我的文風，什麼「你的小說語言很有力量，用詞也很準確，但我們更歡迎現實題材的故事」，什麼「你的小說具有意識流風格，在藝術上有價值，但這種枯燥小說根本賣不動，讀者可不傻」，什麼「你該轉換下文風，寫那種三角戀偷情亂倫的故事，很容易暢銷，讀者就是傻瓜」……

李三娘：（點頭）觀眾也是這樣……

路易斯：唉。在我們社會裡，一個關心真實關心內心的藝術家，真是一種不必要的累贅，就像臉上長出的白斑斑塊。

李三娘：（點頭）我喜歡這個比喻……

路易斯：有時候，我真想閹掉自己！

李三娘：現在還有人做這種手術？

路易斯：我說的是比喻，比喻……

李三娘：就像被生活強姦？

路易斯：差不多就是這個意思。

李三娘：唉，不易，真是不易啊。

33

《白兔》戲劇劇本

　　路易斯：我真不明白為什麼要被生出來！

【烏鴉叫。李三娘盯著路易斯。】

　　路易斯：沒人需要我，我只是個沉重的負擔……我是生存還是毀滅並不重要，我是寫小說還是撿破爛，根本不重要……

　　李三娘：不！

　　路易斯：不？

　　李三娘：不，我需要你！

　　路易斯：你？

　　李三娘：天氣那麼冷，瞧你還穿著夏天的衣服。你吃了上頓沒下頓，瞧你瘦的。（卸下斗篷給路易斯披上）你比以前瘦多了。

【烏鴉叫了一聲，路易斯打了個寒顫。】

　　路易斯：以前？

　　李三娘：是啊，以前你可不瘦。

　　路易斯：你怎麼知道我以前？你是誰？（斗篷掉在地上）

　　李三娘：我是李三娘。（又把斗篷給路易斯披上。停頓）

　　路易斯：不，不，我不需要！（抖掉斗篷）

　　李三娘：天那麼冷，瞧你臉都凍白了。

　　路易斯：我真的不需要！

　　李三娘：披上，你給我披上！

【李三娘強行把斗篷給路易斯披上。】

　　路易斯：我不要你可憐！

【路易斯甩動肩膀，斗篷掉地。烏鴉叫。】

　　李三娘：你怎麼這個樣子？

路易斯：三娘，我累極了，精神還有點恍惚，我腦子裡總出現幻覺。可怕極了……昨天我寫了一整天，從早上九點一直到晚上十二點，中間就上了幾次廁所，甚至連飯都沒吃，害怕吃過飯後再也找不到那種感覺……哦，昨天寫得真好，我整整寫了九千八百七十三個字。我喜歡充實的生活。要是每天都能像這樣寫作就好了……更多的時候，我坐在電腦前，呆呆的盯著螢幕，一整天都寫不出幾個字。屋子黑暗狹小，幾根生鏽的鋼筋棍裝飾著狹窄的窗戶。屋頂還有個蜘蛛網。吞掉孩子的母蜘蛛坐在網中央，狠狠盯著我。要是牠再大點，牠就會一口吞掉我……房間真像個監獄，那就是我的監獄。哦，寫不出一個字的感覺糟透了，就好像你虛度了光陰，浪費了時間。但這並不是最重要的。你一度相信自己是被特選的人，一個被你的神特定選出的人，一個要用你絕世的才華來榮耀你的神的人。可是現在，你被神拋棄了，你的神不需要你了，我恨不得死掉……

李三娘：死？年輕人，不要輕易說「死」……

路易斯：……哦，天啊，我被拋棄了，被生活拋棄了。或者說，我拋棄了生活，生活也拋棄了我……

李三娘：你該出去走走，多活動活動，接觸下周圍人。

路易斯：我孤零零的一個人，總是一個人。沒有養家糊口的工作，沒有訴說心事的朋友，沒有可以交往的人際網路，沒有給我理解支持和鼓勵的愛人，家人又在遠方……我什麼都沒有，寫作是我唯一的生命，可有時候，寫作會把我拋棄，狠狠把我踩個稀巴爛……

李三娘：你該出來晒晒太陽！

路易斯：什麼……晒太陽，對對，我就是這樣做的……不過我可不怕……

李三娘：你媽呢？

路易斯：對，還有最後一招，我可不怕！

《白兔》戲劇劇本

【路易斯從袋子裡掏出紅繩子，在脖子裡圍了一圈。】

　　李三娘：什麼最後一招？你在說什麼啊？

　　路易斯：沒什麼。

　　李三娘：你剛才把紅繩子圍在脖子上，這是什麼意思？

　　路易斯：逗你玩的。

　　李三娘：年輕人，你可別做傻事啊。

【烏鴉叫，路易斯藏起紅繩子。】

　　路易斯：媽的！剛才說得太淒慘，觀眾不愛看，我們換個調調。

　　李三娘：再大的困難，咬咬牙就過去了……

　　路易斯：我們換個調調。

　　李三娘：換調調？

【李三娘閉上眼睛打瞌睡。】

　　路易斯：嗯，我們來段喜劇吧。

　　李三娘：喜劇？

　　路易斯：對，喜劇。（誇張的）我可不怕，還有最後一招，媽的。

【李三娘發出鼾聲。路易斯搖晃了她肩膀。】

　　李三娘：誰？誰？那個兔崽子？

　　路易斯：我，我，我！

　　李三娘：你這個兔崽子！（又閉上了眼睛）

　　路易斯：噓，噓 —— 三娘，喜劇，喜劇 ——

　　李三娘：兔崽子，讓我睡會！

　　路易斯：觀眾，觀眾！

　　李三娘：（猛的坐起來）哪裡？觀眾在哪裡？

　　路易斯：看，就在你前面，他們都盯著你看呢，他們要看喜劇，他們只

喜歡看喜劇！

李三娘：哈哈哈……喜劇好，兔崽子，我最喜歡喜劇，也最擅長演喜劇了！

路易斯：好，好。

李三娘：喜劇，哈，喜劇。觀眾朋友們，親愛的觀眾朋友們，我知道大家都喜歡看喜劇，笑一笑，十年少嘛。我也很喜歡喜劇。生活中總是充滿喜劇，缺少的只是聽到喜劇笑聲的耳朵。所以大家要經常洗耳朵，這樣才能聽得更清楚。而且，大家還要經常抬起耳朵。（從口袋裡掏出兩隻兔子長耳朵）耳朵越長，越聽得清楚。你就是站在牆外邊，只要你耳朵長，你就能聽到牆內人說話的祕密……

【把兩隻兔耳朵戴在路易斯頭上。】

路易斯：不，不！

李三娘：戴上，你這個兔崽子！媽的，總是和我作對！

路易斯：（聳聳肩，旁白）媽的！

李三娘：我不喜歡別人和我作對，可那些小兔崽子們總是想盡辦法和我作對。牠們雖然是兔子，卻狡猾如狐狸，凶狠如豺狼，暴躁如獅子，殘忍如老虎，我可知道他們……

路易斯：喜劇，三娘，喜劇！

李三娘：好吧，好吧。喜劇，對，喜劇……可是我說到哪裡呢？你給我提提詞。

路易斯：（旁白）媽的，又要提詞。（對李三娘）嗯，你說到隔牆有長耳朵……

李三娘：對，隔牆有個長耳朵，像兔子那樣的長耳朵……一定要小心，不要在牆邊說你們的祕密，兔子的祕密，小心你的話被偷聽走要砍頭的！哈哈哈……

《白兔》戲劇劇本

路易斯：喜劇，三娘，觀眾看喜劇……

李三娘：對，我們還是回到喜劇這個主題吧……（打了個哈欠）我睏了，我走了十天十夜才來到這個地方，可是你們都等著看呢。你們花了錢，又跑了那麼遠的路來看戲，我不該讓你們失望而歸……（閉上眼睛）對不對……

路易斯：三娘，喜劇，喜劇！

李三娘：哦，對，對，對，喜劇……觀眾朋友們，我要提醒你們注意，一定不要在牆邊說出你們的祕密。但又有什麼關係，只要有一雙像兔子那樣的長耳朵，你什麼都可以聽到，你可以聽到牆內人說他們的祕密，你可以聽到他們罵你，有時候你還能聽到接吻的聲音，更不用提那些羞於說出口的事情……

路易斯：啊，啊……

李三娘：對，兔子們胡鬧的聲音……只要你耳朵長，你一定能聽得清楚……

路易斯：（旁白）媽的，又離題了。（對李三娘）喜劇，三娘，喜劇！

李三娘：對，喜劇，喜劇……喜劇是一門讓人發笑的藝術，而最高的藝術是那種含淚的笑，就是那種帶著哭的笑，帶著笑的哭。來，路易斯，表演一個哭。

路易斯：嗚嗚嗚……

李三娘：好極了。再表演一個笑。

路易斯：嘿嘿嘿……

李三娘：酷極了。來表演一個笑中哭。

路易斯：嘿嗚嘿嗚嘿嗚……

李三娘：妙極了。再表演一個哭中笑。

路易斯：嗚嘿嗚嘿嗚嘿……

【李三娘慌忙找地方。】

路易斯：怎麼了？

　　李三娘：尿急。

　　路易斯：什麼？

　　李三娘：尿著急了。

【李三娘蹲下地上。】

　　路易斯：三娘，觀眾看著呢。

　　李三娘：啊，真的？

　　路易斯：騙你是兔子！

　　李三娘：哎——（她跑到楓樹下蹲下）哎呀，觀眾朋友們，真不好意思啊，老了尿就急，總憋不住……

【路易斯把她拉起來。】

　　李三娘：我要尿褲子了……

　　路易斯：你這是什麼態度！

　　李三娘：怎麼了？

　　路易斯：觀眾花二百塊錢買票是來幹麼的？

　　李三娘：看戲啊。

　　路易斯：那不就結了。那你還尿什麼尿。

　　李三娘：我在舞臺上尿尿就是表演啊。

　　路易斯：尿尿就是表演？

　　李三娘：沒錯，是表演，舞臺上的一切都是表演。

　　路易斯：可是撒尿……

　　李三娘：對啊，吃飯是表演，穿衣時表演，打架是表演，親嘴是表演，撒尿當然也是表演啊！哎呀，我真的憋不住了！

　　路易斯：觀眾搭計程車從北六環跑到南七環，他們來劇場是看喜劇的！

　　李三娘：為什麼撒尿不是喜劇？

《白兔》戲劇劇本

　　路易斯：你，你，你叫我怎麼說？

　　李三娘：撒尿就是喜劇，演出也是喜劇，表演是喜劇，生活也是喜劇。遺棄是喜劇，別離是喜劇，思念是喜劇，疾病是喜劇。對了，還有死亡……哈，我喜歡死亡，這是我最愛的喜劇。死亡是喜劇的結束，也是另一部喜劇的開始。來吧，兔崽子，來給我們跳一支舞吧……

　　路易斯：不，我不會跳……

【李三娘推著他轉圈，伴隨著音樂，路易斯開始跳兔子舞。】

　　李三娘：好了，你別謙虛了，音樂！觀眾喜歡看你跳兔子舞。既然我們的劇名叫《白兔》，那大部分東西都應該和兔子有關係，對不對？哈，你的兔子舞跳得真不錯……

　　路易斯：一般一般……

　　李三娘：你在跳兔子舞上真有天分，妙極了！

　　路易斯：（氣喘吁吁）真的嗎？

　　李三娘：當然是真的。看你跳兔子舞真是享受。

　　路易斯：謝……謝謝！

　　李三娘：不行，我真的要撒尿去。

【李三娘飛快的鑽進玉桂樹下，那裡傳來悉悉索索的聲音。然後傳來烏鴉和青蛙的叫聲。八角井裡爬出一隻青蛙，玉桂樹下鑽出兩隻烏鴉和幾隻兔子，最後一隻白兔拽著一根紅繩子，紅繩子後面拽出了李三娘，她現在已經變得呆滯。動物們和路易斯一起跳排著隊跳兔子舞。舞臺上空懸掛著的幾隻白兔子造型也開始慢慢旋轉，旋轉的速度越來越快，正和他們的舞蹈速度一致。】

　　李三娘：（陷入呆滯）看你跳白兔舞，真還以為你是白兔子轉世呢……啊，不錯，不錯。舞蹈是喜劇，兔子舞更是喜劇中的喜劇。（青蛙和烏鴉的叫聲）青蛙是喜劇，烏鴉是喜劇，兔子更是喜劇之王。啊，美麗的天空，蒼

涼的大地，給我再多一點的喜劇吧。我為了喜劇而生，也因喜劇而死……

【路易斯和動物們排隊碰了碰李三娘，李三娘就像木偶人一樣動了動，他們圍著她跳兔子舞，在她胳膊和腿下鑽來鑽去。紅繩子纏在李三娘身上，她被纏得就像個粽子。然後他們又排著隊在觀眾席的走道上跳兔子舞。他們跳的兔子舞慢慢變慢，原先的熱鬧也逐漸變得荒涼。最後他們就像人偶一樣，呆滯的跳舞，輕慢的動作中充滿悲哀。】

李三娘：李三娘心荒涼……話未出口，淚流心傷。想我本是良善人家的女子，只想過平凡生活，命運卻如此波折，真是標準的喜劇人生。哈哈哈。李三娘心悲傷，命運如此堪傷。三歲死了娘，從小爹爹寵愛撫養，引得哥哥嫉妒心腸。十八歲時出落的水靈模樣。那沙陀國來的劉郎，流浪到我爹園莊，看他降伏烈馬威武模樣，爹把我許配給他做嬌娘。李三娘心淒涼，爹爹死後命運悲傷。十六年苦情點點滴滴心上……

【戲曲李三娘走上舞臺。】

戲曲李三娘：（唱）那一年丈夫從軍，我受苦受難在磨坊，雷雨夜咬斷臍帶，生下嬌兒，取名咬臍郎。

李三娘：可恨我那惡兄嫂為奪家產，竟將嬌兒拋入魚塘。

戲曲李三娘：（唱）多虧寶大伯仗義相救，彬州送子一去千里音信渺茫。

【眾多動物們走到戲曲李三娘身邊。戲曲李三娘撫摸著白兔子的長耳朵。】

李三娘：十六年，娘想孩兒……

戲曲李三娘：（唱）兒卻把娘親遺忘，今見這受傷的白兔，不由觸景生情，思念我那失散的孩兒咬臍郎！

李三娘：咬臍郎啊咬臍郎，你如今流落在何方？（哭）

【燈暗。】

41

第八場

【燈亮。舞臺上只有李三娘和路易斯，李三娘身上仍舊被紅繩子纏得嚴實。烏鴉尖利的在叫，李三娘和路易斯從呆滯中抬起頭，彼此看了看。剛才的一切彷彿只是一場夢，他們從夢中醒過來。路易斯慢慢給李三娘解開紅繩子。】

　　李三娘：謝謝。

　　路易斯：不用謝。

　　李三娘：天氣很冷。

　　路易斯：（站起來）我要回去了。

　　李三娘：你不再坐一會兒？

　　路易斯：不了。

　　李三娘：可，可是我們還沒怎麼聊呢。

　　路易斯：我們已聊了很久。

【路易斯走了幾步。】

　　李三娘：我們還沒怎麼聊白兔呢。

　　路易斯：白兔？

　　李三娘：還有咬臍郎。

　　路易斯：咬臍郎……

【路易斯回頭盯著李三娘。】

　　李三娘：白兔和咬臍郎都是古代故事，但在現代社會中他們再次出現，就像鬼魂復活，你不想知道他們的現代版故事嗎？你是個作家，一定知道這是個多麼好的故事，要是寫好了，書不但能出版，還一定能暢銷……

　　路易斯：暢銷……

　　李三娘：難道你不想寫一本好的暢銷小說嗎？娘內，娘內……

路易斯：什麼？

李三娘：瞧我這腦袋，又記錯了，不是娘內，是媽內，媽內！

路易斯：媽內？

李三娘：你的小說暢銷了，你就會有說不清的媽內，媽內！

路易斯：這主意不錯。

李三娘：只要你留下來，我就會告訴你一切，咬臍郎，還有白兔子……一切的一切，全部告訴你！

路易斯：不。

李三娘：不？

路易斯：你該回家了，李三娘。

李三娘：不。

路易斯：別忘了，你家裡還有個寶貝。

李三娘：寶貝？

路易斯：你說的，『寶貝餓壞了，三天都沒喝一口熱奶，我出來時在家哇哇哭得可凶呢……』李三娘，難道你不該回家給你的寶貝餵奶嗎？……

李三娘：哈哈哈。

路易斯：你笑什麼，李三娘？

李三娘：我笑你是杞人憂天。

路易斯：杞人憂天？

李三娘：路易斯，你是個好人，但你的擔心完全沒必要。

路易斯：沒必要？

李三娘：寶貝不需要吃奶了。

路易斯：為什麼？

李三娘：寶貝死了。

《白兔》戲劇劇本

路易斯：怎麼死的？

李三娘：被我掐死的。

路易斯：不會吧？

李三娘：是真的。我掐死了那個兔崽子！

路易斯：三娘，你好狠毒。

李三娘：哈，你說我好狠毒？

路易斯：李三娘，你掐死一個嗷嗷待哺的孩子！

李三娘：沒有，我沒有。

路易斯：你剛才還說你掐死了兔崽子。

李三娘：是啊，我掐死了兔崽子，一隻白兔崽子！

路易斯：白兔崽子？

李三娘：對，我叫他寶貝，可是他到死都還是兔子。

路易斯：就算是兔子，你也不能無緣無故的掐死吧。

李三娘：我高興，我願意！

路易斯：多可憐的白兔，一條鮮活的生命……

李三娘：兔子肉噴香，兔子肉好吃。在遠古時代，發生了飢荒，父親可以吃掉女兒，母親可以吃掉兒子，我為什麼就不能吃掉一隻兔子？

路易斯：那是白兔子，能給你帶來好運的白兔子啊！

李三娘：哼，我從未有過好運氣。

路易斯：你忘記了，你撿過一萬塊錢。

李三娘：沒屁沒影的事你都信？

路易斯：白兔，白兔子……每一條生命都值得尊敬！

李三娘：值得尊敬？哼，這些話虧你還說得出口？

路易斯：你，你什麼意思？

李三娘：你知道是什麼意思。（停頓）

路易斯：也許這是一篇小說的素材，題目就叫〈李三娘和她的寶貝〉，也許會不錯。

李三娘：是嗎？

路易斯：嗯。我要記下來。（在筆記本上記錄）

李三娘：我總是能給作家提供靈感。

路易斯：是啊。（烏鴉叫）太晚了，我真的該回去了（轉身要下）

李三娘：路易斯，你媽喊你吃飯⋯⋯

路易斯：我沒有媽⋯⋯

李三娘：你娘在等你。

路易斯：我娘？

李三娘：不管是你媽還是你娘，反正都是一個人。（停頓，路易斯離開）路易斯，今天是你生日！

路易斯：你，你怎麼知道這些？

李三娘：我就是知道。

路易斯：不，你不該知道。

李三娘：可是我就是知道。

路易斯：你是誰？你到底是誰？

李三娘：你知道我是誰。（停頓）

路易斯：我該走了。

李三娘：不，你不能。

路易斯：可是我有這個自由。（他坐在長凳上）

李三娘：滾，你滾吧。

路易斯：嗯。

《白兔》戲劇劇本

【烏鴉叫。路易斯在本子上記著什麼。李三娘盯著他看。路易斯用筆恨恨的戳本，然後把本子撕成碎片。】

　　路易斯：媽的媽的媽的媽的！

　　李三娘：媽的？

　　路易斯：媽的！

　　李三娘：媽的什麼？

　　路易斯：媽的……唉，就是那個了。

　　李三娘：哪個？

　　路易斯：就是你知道的那個了！

　　李三娘：到底是哪個？

　　路易斯：就是媽的……唉，這個話題很糟糕。我們談點別的吧。

　　李三娘：別的？

　　路易斯：對，你可以說說兔子了，彩券了，超市了，寶寶了，牛奶了……

　　李三娘：不，我現在只想談媽的。

　　路易斯：媽的？

　　李三娘：對，關於媽的的各種話題。

　　路易斯：哦，我想，這不是個好話題……

　　李三娘：你媽的……

　　路易斯：什麼？

　　李三娘：你媽的……那個

　　路易斯：哪個？

　　李三娘：那個字我實在說不出口。算了，我們還是談論你媽吧。你媽好嗎？

　　路易斯：我沒有媽。

李三娘：好吧，我媽好嗎？

路易斯：我媽好嗎？

李三娘：不，我問的是我媽。

路易斯：對，我問的是我媽。

李三娘：我先問的我媽。

路易斯：對不起，我真的不認識你媽！

李三娘：那你認識外婆嗎？

路易斯：外婆？

李三娘：對，就是生出你媽的那個女人。

路易斯：對不起，我沒有外婆。

李三娘：沒有外婆？

路易斯：我沒有媽，自然也沒有生媽的那個女人。

李三娘：你沒有媽，那你有什麼？

路易斯：我有娘。

李三娘：娘就是媽，媽就是娘！

路易斯：娘不是媽，媽也不是娘！

李三娘：你，你……

路易斯：我。我。

李三娘：哼，那你總該有外婆！

路易斯：外婆？

李三娘：就是生出你媽，不，生出你娘的那個女人！

路易斯：我沒有外婆。

李三娘：那你媽，不，你娘怎麼出來的？

路易斯：從腋窩裡鑽出來的！

《白兔》戲劇劇本

【青蛙笑。】

　　李三娘：從，從誰的腋窩裡鑽出來？

　　路易斯：她娘的。

　　李三娘：你，你怎麼稱呼他娘？

　　路易斯：姥娘！

【烏鴉笑。】

　　李三娘：你，你，你是從那裡來的……

　　路易斯：石頭縫裡蹦出來的。

　　李三娘：那個石頭縫就是你媽，不，你娘的……

　　路易斯：我娘的？

　　李三娘：你娘的逼！

　　路易斯：我娘的逼？

　　李三娘：沒有你娘的逼，怎麼會有你？

　　路易斯：沒有我娘的逼，怎麼會有我？

　　李三娘：你，你，你這個兔崽子，你，你氣死我了……

【李三娘撿地上的竹竿打路易斯，路易斯躲避，李三娘把路易斯打倒在地。】

　　李三娘：打死你這兔崽子，你這麼無情……（繼續打）

　　路易斯：三娘饒我，饒我！（跪下）

　　李三娘：我，我，我今天不打死你，我，我就不是李三娘……（繼續打）

　　路易斯：饒我，饒我啊，三娘。（抱三娘的腿）

　　李三娘：我今天不打死你，我，我，我就不是你娘，你娘的逼！（繼續打）

　　路易斯：饒我啊，三娘，三娘！

李三娘：我不打死你這個兔崽子，我就不是你娘！

路易斯：娘——

【李三娘的竹竿舉到半空中停頓。李三娘繼續打。】

李三娘：我不打死，我就不是你親娘！

路易斯：娘，娘，娘——

【跪著的路易斯緊緊抱著李三娘的腿。李三娘扔掉竹竿，抱著路易斯的頭捶打著。舞臺上吊著的幾個兔子造型慢慢旋轉起來。】

李三娘：兔崽子，我的兔崽子啊……

【路易斯和李三娘抱頭痛哭。燈滅。】

第九場

【戲曲音樂響起。黑暗中，劉承佑上場，他身著戎裝。路易斯站在他對面對面。】

劉承佑：（唱）實情相告汗淋漓，

承佑果真是咬臍。

早知你是我娘親，

一頭哭倒娘懷裡。

【一隻兔女郎走上舞臺，她來到劉承佑身邊。】

路易斯：不！你們沒有看見我真正的娘親！北風刺骨，冰天雪地，她……她蓬頭跣足，一身破衣，孤苦伶仃，無靠無依；她……她挨磨汲水，做牛做馬，等了我十六年啊！

【兔女郎來到路易斯身旁。】

劉承佑：（唱）訴別離，慰孤淒，

背起娘親馬上騎。

兒為你牽馬墜蹬回家來，

免受飢寒免受欺。

【兔女郎來到劉承佑身邊，態度親密。】

路易斯：我穿的是錦衣繡袍，吃的是山珍海味，可是我娘親……我為什麼要離開她？我為什麼不管她，讓她一個人孤老到死……是我，是我害得我們母子分離……（打自己耳光）你，你的良心在哪裡啊……

兔女郎：哈哈哈哈……

【兔女郎拉著劉承佑來到路易斯身邊，三人圍在一起。路易斯打自己耳光，兔女郎拉住他的手。舞臺上飄起雪花，戲曲李三娘從玉桂樹下上場，她在磨盤和井臺邊演唱。兔女郎和路易斯態度親密。】

戲曲李三娘：（唱）漫天大雪落紛紛，

遙對蒼天憶平生。

磨盤圍著磨芯轉，

三娘我撫心自問無遺恨！

十六年，千斤石磨可作證，

磨滅了多少晨與昏。

十六年，寒暑井臺可作證，

踩過了多少冬與春。

【戲曲李三娘懷抱著白兔，從劉承佑、路易斯和兔女郎中間穿過去。】

李三娘：外面風雪漫天，一片冰清世界，遠勝那骯髒門戶，井底深淵！我的家本來就不在這裡，在那千里風雪之外，春光明媚之處，啊……兒啊，為娘看你來了，三娘來看你了！

【李三娘把劉承佑、路易斯和兔女郎分開。大風呼嘯的聲音。】

　　戲曲李三娘：（唱）十六年，含淚玉桂可作證，

灑下了多少血淚痕。

十六年，長長足印可作證，

天昏暗，心頭亮著一盞燈，

照我走向京城路。

人說京城千里遠，

我覺京城眼前呈。

【劉承佑和兔女郎在舞臺上追逐。烏鴉叫。】

　　戲曲李三娘：（唱）側耳聽，猶聞愛子喚娘聲……

【路易斯追逐他們。烏鴉叫。】

　　李三娘：我聽到兒子在叫我，娘，娘，娘啊——

【路易斯、劉承佑和兔女郎在舞臺上追逐歡笑。】

　　戲曲李三娘：（唱）恍覺得，猶見風雪中愛子身影……

　　李三娘：風雪中，我看到兒子的身影……

　　戲曲李三娘：（唱）挪半步，近三寸——（摔倒）

　　李三娘：摔一跤，近十分。

【眾人在舞臺上追逐。兔女郎追劉承佑，劉承佑追李三娘，李三娘追路易斯，路易斯追兔女郎。戲曲李三娘身子搖晃著倒地。】

　　戲曲李三娘：（唱）眼睜睜，遙望京城心不死，

都只為，咫尺天涯……有親人……（死去）

【李三娘解開身上的斗篷，披在戲曲李三娘身上。】

　　李三娘：死了，她死了……

兔女郎：哈哈哈哈……（她們變得呆滯，頭髮遮蓋住了臉孔）

路易斯：她死了……

【劉承佑跪在戲曲李三娘面前。】

李三娘：她死在找兒子的路上！

【路易斯也呆滯的跪下。】

李三娘：報仇，報仇，為死者報仇！

【楓樹上垂下一根紅繩，李三娘把懷裡的白兔吊死在紅繩子上。燈滅】

第十場

【楓樹和玉桂樹上沒有了樹葉，上面吊著很多小白兔的屍體，兩隻烏鴉的屍體也吊在樹上。舞臺上空的兔兒爺也降落在舞臺上。磨坊上掛著牌子，上面寫著「悲劇」兩個字。玉桂樹下有個新築的墳墓，上面插著白色的招魂幡。這個墳墓一直就在玉桂樹下，現在玉桂樹的葉子掉光了，墳墓就露了出來。】

【路易斯身穿孝衣，對著墳墓的方向跪在地上，他表情呆滯，就像陷入昏睡中的木偶。一群穿白衣的送葬隊伍上場，在路易斯身邊撒紙錢。他們下場。】

【烏鴉叫。路易斯從呆滯中醒來。】

路易斯：一片烏雲遮蓋住天空，幾隻晚歸的烏鴉在天空盤旋。大風吹過，雲散高唐。黃昏的夕陽如血，晚霞如夢。（站起來）掛花沒有了芬芳，再香的花兒也要枯萎，正如我逝去永不再來的青春年華。在全家團聚的中秋佳節夜晚，我註定看不到天上的那輪明月，都市的燈光太亮，淚水打溼我的雙眼。娘親遠在家鄉，我已經那麼多年沒有看到。在京城漂泊十餘載至今，我的雙鬢變白，卻依舊功名無望。我拋棄了親娘，依舊毫無希望。在黑暗的夜裡，在怪鳥的叫聲中，我曾經夢見過娘親，她老了，頭髮花白，一隻眼睛渾

濁不清,另一隻眼睛已經爛掉……

【一片煙霧中,一隻白兔牽著李三娘從墳墓中走出來,灰白的頭髮遮蓋她的臉孔,她看起來就像個厲鬼。白兔下場。】

　　路易斯:那是三伏高溫天氣,窗外的蟬聲高鳴,可憐的娘躺在破席上,赤裸的身體上長滿膿瘡,黃色的膿汁流了一床,房間裡都是惡臭味,還有蛆蟲在她的膿瘡裡翻滾……沒有一個人在娘的床邊,她一遍遍將我呼喊……

　　李三娘:兔娃,兔娃,兔娃 ——

　　路易斯:娘,娘 ——

【路易斯跪著撲到李三娘懷裡,李三娘推開他,路易斯又撲過去,李三娘又推開他。】

　　李三娘:你,你,你……

　　路易斯:娘啊,娘啊……

　　李三娘:娘死了,娘死了!

　　路易斯:娘死了,娘死了……

　　李三娘:娘被你活活氣死了。

　　路易斯:娘被我活活氣死了。

　　李三娘:我渾身無力,三天沒吃下東西。屋外蟬聲鳴叫,屋內臭氣熏天,可是我早就聞不到了。身體一點點的潰爛,我感覺不到疼痛,意識一點點的變得麻木……鄰居要我去京城找你哭鬧告狀,質問你為什麼不回來看我……不,不去,我偏不去,你和你父親一樣孬種……我要讓你們後悔,疼不欲生,終有一天,你們的良心會被刀子一片一片的割碎……

　　路易斯:娘用折磨自己的方式來報復我們……

　　李三娘:娘還不是被你們逼的。

　　路易斯:娘,我們多少年沒見面?

《白兔》戲劇劇本

李三娘：十六年了……

路易斯：十六年，自從我到京城去上學，就再也沒回過家。

李三娘：為什麼？你不知道娘養活你不容易，含辛茹苦，好不容易把你才養大，你剛自立，就不理她了？

路易斯：是。

李三娘：做人要講良心！你的良心都讓狗吃了！

路易斯：是。

李三娘：你為什麼遺棄了你娘？十六年都讓她一個人在家，讓她一個人孤苦伶仃到老，她捨不得吃捨不得穿，供應你上大學，等你上學去好了，你倒不理她了，讓她自生自滅！你，你，你這個不孝子孫……

【路易斯跪下，李三娘舉起竹竿打路易斯。】

路易斯：你打吧。

李三娘：你當我不敢打啊。你這個兔崽子……

路易斯：打死我就少了個沒心沒肺的人！

李三娘：你這個兔崽子，還敢嘴硬！我要好好教訓你！

路易斯：打死我世上就少了個禍害。

【烏鴉叫。】

李三娘：烏鴉還知道反哺，你倒好，一個受過高等教育的人，還不如禽獸懂得多呢！

路易斯：打死我就能給娘報仇了！

李三娘：小兔崽子，早知這樣，娘生下來就該摔死你！

路易斯：沒錯。

李三娘：你一定是天上煞星轉世。

路易斯：我是天上煞星轉世。

李三娘：兔娃，兔娃——

路易斯：（跪在地上）娘，娘，娘——

李三娘：兔娃，你回來，回來看看娘呀。

路易斯：娘，不能，我不能。

李三娘：娘想你哭瞎了眼睛，你就不能回來看看我？

路易斯：娘，不能，我不能……

【李三娘站了起來。】

李三娘：我是你娘，你唯一的娘啊……

路易斯：娘——

李三娘：我懷孕五個月，你爹就捲走家裡的所有財物，帶著鄰村的俏丫頭去大都市生活。我追他們到村口，跪在他們面前，懇求你爹留下來……村民站在旁邊看，你爹對我拳打腳踢，你爹是個流氓，早就把村民得罪光，村民們樂意站在一旁看笑話……我昏倒在地……

路易斯：娘，你從來沒給我說過這些！

李三娘：有什麼用，給你說這些有什麼用？……我哭得死去活來，躺在床上三天三夜，不吃不喝，就想這樣哭死餓死算了……可是你踢我，你在肚子裡踢我……我知道你想活下去，兔娃，你想要娘活下去……

路易斯：娘，你從來沒給我說過這些！

李三娘：……玉米熟在地裡，地瓜爛在田裡，村裡家家戶戶都忙著收秋，沒有人管我……那一天也是中秋節，我扛著大肚子去很遠的北地掰玉米，肚子疼得難受，我哭天搶地的，沒一個人聽得見，我在玉米地裡生下你，就昏死過去。天上滿是紅雲啊，我一個人在紅雲上飄啊飄，舒服極了，我就像一隻鳥那樣，我真想像鳥那樣飄走啊！可總有什麼在纏著我的心，讓我不能安心飛走。下面有什麼東西在叫，像野貓哭，又像兔子叫。我仔細的聽了好

《白兔》戲劇劇本

久，才明白那是一個嬰兒的哭聲。我真想永遠睡去啊，再也不睜這雙眼，活著苦，真苦啊；可是你在哭啊，兔娃，是你在哭啊。你在哭啊，兔娃，是你在哭啊。你哭得哇哇叫，還好幾次在抽噎要死去，我的心也跟著抽搐。不能，我不能死啊，兒啊，我不能死啊。風吹著我的頭髮，我想要睜開雙眼，卻渾身沒一點氣力。你哭得更凶了，難道我們娘倆就這樣死在玉米地裡嗎？不，不，我的兔娃還什麼都沒享受過呢，他變成人皮不容易啊，我也要讓他享受享受……可是我渾身沒力氣，我怎麼都睜不開眼睛啊……有什麼東西用力推了我一下，我叫了一聲睜開雙眼，一隻白兔子在推我胳膊，你在我身下哇哇哭泣，風嘩啦嘩啦的刮著，我把你抱在懷裡，可憐的你閉著眼睛，渾身血汗，小手放在嘴裡哇哇哭叫，你的嘴唇都凍紫了。兔娃，我的兔娃啊，娘一看見你也就哭起來。娘太累了，娘真想閉上眼睛什麼都不管。沒人幫我，我真的沒力氣活下去啊。死容易，活著難啊，太難了。我只要一閉上眼睛就能拋開一切，可是你哭得那麼凶，哭得都喘不過氣來，哭得為娘忍不住把你摟在懷裡，兔娃，我苦命的孩子啊……那隻白兔又推了推我，我明白他在幫我，也只有白兔能幫我啊。兔娃，我的兔娃啊，我咬斷了你的臍帶，然後抱著你，跟著白兔，一點一點爬出了玉米地啊。白兔是我的救命恩人啊，所以你的小名才叫兔娃。兔娃，我的兔娃啊，這就是娘啊，這就是娘啊……

路易斯：娘，娘……你以前怎麼不告訴我這些？你以前為什麼不告訴我這些？

李三娘：為了供給你讀書，我為你乞過討，撿過垃圾，收過破爛，打過短工，偷過東西，陪人睡過覺……這就是娘啊，你遭遇屈辱卻把你養大的親娘啊……

路易斯：說這些有什麼用？有什麼用啊？

李三娘：娘苦啊，娘的命苦啊。你從小就讀書好，被人欺負了也不吭聲，

第十場

只埋頭把書讀好。你也真給娘長臉，從小到大得了那麼多的獎狀，你十六歲就考上的大學，要去京城讀書，你是村裡第一個考上大學的人啊！你拿到通知書的那天，我瘋了一樣在村子裡又喊又叫，『兔娃考上大學了』、『兔娃考上大學了』……

路易斯：這有什麼用？有什麼用？

李三娘：我做了個夢，夢見一隻白兔從我們家跑走了，我在後面追啊追，白兔又蹦又跳，我在後面又追又趕，可是我還是沒追上。白兔跑到草地裡，就再也看不見了。你考上大學了，卻再也沒回來過，十六年了一次都沒有……後來我就開始養兔子，養了一窩又一窩，都是白兔子，牠們都死了，我掐死的……

路易斯：你也該掐死我……

李三娘：就像寶貝那樣？

路易斯：對，那樣我就說自己是幸福的……

李三娘：為什麼？為什麼？

路易斯：村裡人總是罵我打我，說我是野孩子，罵你是破鞋，一塊錢。

（停頓）

李三娘：是啊，不論是什麼樣的男人，只要出一塊錢，就能跟我睡一覺……

路易斯：村裡女人罵你是掃帚星，在路上逮住我就罵，他們的孩子往我身上扔石頭，我和他們打，每次都被狠狠揍一頓。

李三娘：村裡容不下我們，我就帶你去了縣市撿破爛……

路易斯：是啊，縣市的男人更多了……

李三娘：『只要一塊錢！』『一塊錢包你舒服！』

路易斯：『一塊錢包你滿意』『一塊錢！』

57

《白兔》戲劇劇本

李三娘：『只要一塊錢！』

路易斯：後來你被打了。

李三娘：腿都瘸了，我們又回到了村子。

路易斯：村裡的女人整天罵你，可是你還是來者不拒，隨叫隨到。

李三娘：（吆喝）一塊錢，只要一塊錢！

路易斯：（哭）你為什麼這樣？為什麼這樣？

李三娘：『你想快活嗎？一塊錢，只要一塊錢！』

路易斯：讀書的錢你早就賺回來了，你為什麼還要和村裡那些男人糾纏？

李三娘：你爹對我拳打腳踢的時候，那些男人就站在旁邊，可沒有一個人上前阻止，他們就想看我們家的笑話，就想看著我們家被拆得零散。哈哈哈，他們心狠著呢，那好，我現在也把他們的家拆的零散，我要讓那些男人拜倒在我的石榴裙下，我要撕碎他們正人君子的面具，我要羞辱他們……

路易斯：那些女人都罵你破鞋！

李三娘：好啊，她們越罵，我就越和她們的男人糾纏。她們罵得越狠，我就越快活。她們罵我偷男人，好，我就偷給她們看！哈哈，我要羞辱他們，我要拆散他們的家庭，讓他們的爸爸在孩子們面前抬不起頭，哈哈哈，我的家庭破碎了，我也要讓他們嘗到家庭破碎的痛苦……哈哈哈，這會讓我有瘋狂的報復快感……

路易斯：娘，你真……

李三娘：真什麼？

路易斯：你真變態！

李三娘：哼，娘活得不快樂，幹麼要讓他們快樂？

路易斯：娘，你偷男人，你賭博，你還喝酒……

李三娘：沒錯，只要能忘掉痛苦，什麼瘋狂的事情我都做……

路易斯：可是你為什麼每次喝醉酒，都瘋狂的暴打我？

李三娘：哈哈哈，什麼瘋狂的事情我都做！

路易斯：娘，那一年我剛九歲，你喝醉了酒……你把我吊起來，用皮帶下死命的抽我，額頭都被打爛了，血順著臉流到我身上，又滴在地上……我疼得昏了過去……你是我娘嗎？這是娘該做的事情嗎？

李三娘：（摸路易斯額頭上的傷疤）瞧，這就是那個傷疤！

路易斯：（推開李三娘）你少碰我！你知道嗎？在昏迷前，我是多麼高興，我心想，終於解脫了，終於可以逃離你的魔爪了，死是一件多麼幸福的事情……

李三娘：死是一件多麼幸福的事情！

路易斯：可是我又活過來了。我躺在床上，額頭上的傷口被包紮起來。你在我床前，又是端茶又是送水，還給我講白兔的故事……天啊，這個慈眉善目的母親，真的就是毒打我的母親嗎？……

李三娘：我是嗎？

路易斯：娘，那時候我就暗自下定決心，一等我有能力，我就離開你，遠遠的離開你，一輩子不回去……

李三娘：你做到了，你這個兔崽子做到了！你沒有來看我，十六年了都沒回來看過我！

路易斯：娘，我是你兒子啊，你的親生兒子，你這個世間唯一的親人啊，你為什麼那樣不要命的打我？

李三娘：你真不愧是你爹的兒子，你們長得一模一樣……

路易斯：所以你看到我，就想起我爹？

李三娘：我知道，你長大後，你一定會像你爹一樣拋棄我，永遠不回來！

路易斯：所以你就趁著還能控制我，就拼了命的打我？

《白兔》戲劇劇本

　　李三娘：你拋棄了我，我在床上死了十天，屍體都爛了，你也不回來收屍……

　　路易斯：娘，如果你不是那樣暴躁，喜怒無常，如果你不是經常打我，我怎麼會不回來看你呢？我怎麼會拋棄你？

　　李三娘：你不回來替我收屍，現在倒來指責我？

　　路易斯：娘，你就想讓你的人生淒慘，好讓人們同情你，對不對？

　　李三娘：你在說什麼啊？

　　路易斯：所以在你被爹拋棄的時候，說不定你心裡很高興吧？

　　李三娘：兔崽子，你在說什麼？

　　路易斯：娘，你希望自己一生淒慘，最終你得到了希望的一切，應該很高興吧？

　　李三娘：臭小子，你說什麼呢？

　　路易斯：娘，我猜的沒錯吧？哈哈……

　　李三娘：你小子少胡說！

　　路易斯：娘，說實話，離開你之後，我只有高興。那時候我根本不理解你，現在我慢慢理解你了，理解你所做的這一切，不過更多的時候，我卻恨你。擺脫了你，我真高興……

　　李三娘：我是你的沉重負擔，屈辱記憶，夢魘對象……

　　路易斯：娘，你知道嗎？我很害怕人……

　　李三娘：人確實可怕。

　　路易斯：娘，我害怕和人交往，我害怕和人保持親密關係，我害怕他們會傷害我，我害怕他們會打我，就像你打我一樣……

　　李三娘：你有病，兔娃，你病得不輕啊。

　　路易斯：這一切還不都是拜你所賜嗎？

李三娘：沒錯，是我害得。但說實話，我看到你過得不好，也就安心了。

路易斯：娘——

李三娘：只有痛苦是真實的。

路易斯：沒錯，在痛苦中，我投入了藝術的懷抱。我在眾人面前沉默寡言，可是我內心卻藏著火山，我時刻想要爆發，燃燒自己……

李三娘：玩火會燒死自己！

路易斯：燒死又有什麼關係？只要自己喜歡的，獻出生命又有什麼關係？

李三娘：你中了邪！

路易斯：藝術就是邪靈，文學就是個毒夢，為了這個毒夢，我甘願犧牲自己。

李三娘：我知道你是傻瓜，可是我不知道你竟然這麼傻……

路易斯：哈。娘，你知道寫出小說是什麼感覺嗎？我被驚呆了，我被自己筆下的文字驚呆了，我被自己創造出來的世界驚呆了，我不能相信那是我寫，不，不，只有神才能寫出那樣的文字。可那樣的文字就是我寫出來的，是在我落魄衰敗的時候寫出來的。我用自己的淚水汗水和血液澆灌，它才在眾人面前盡情開放，展現謎一樣的人生……哦，天啊，我變得心醉神迷，捨不得爬出來……

李三娘：這就是你為什麼在現實世界中如此失敗的原因！你把幻覺當做真實，只能在真實中摔得鼻青眼腫。孩子，睜開眼看看，看一看周圍的世界吧！

路易斯：不，不，當我經歷過創作的快感後，我就再也無法掙脫。這就像染上毒癮，明白嗎？一日中毒，終身上癮！娘，寫作就是這樣，就是這樣，他需要我毫無保留的獻出自己！

李三娘：就像我把自己獻給你？

《白兔》戲劇劇本

路易斯：這不一樣……

李三娘：有什麼不一樣？

路易斯：全有或者全無，這就是寫作藝術唯一的要求。它一旦捕獲我，我就再不能有別的需求。為了寫出偉大的作品，我甘願忍受飢餓、貧窮、白眼和屈辱……娘，你不知道，我生命的全部他都要，我的每一滴汗每一滴血每一塊筋骨他都要，我的心我的頭腦我的身體他都要啊！

李三娘：所以你就不要我……

路易斯：我連自己都養不活，我怎麼要你……

李三娘：可是我不需要你的錢，一分錢都不要，一塊錢都不要，我只需要你看我一眼，回家看我一樣，或者讓我來和你住在一起……

路易斯：不，我做不到，我做不到……

李三娘：你就是這樣做兒子的？

路易斯：他張著血盆大口，把我吞噬進黑暗中。在黑暗中，我需要掙脫束縛，創造一片屬於我的藝術天地……

李三娘：帶我進你的黑暗天地，我們在一起，我們娘倆在一起……

路易斯：我自身尚且難保，我怎麼還能拉你下去……

李三娘：兔娃，只要和你在一起，做什麼我都願意……

路易斯：娘，我不想欠你太多……

李三娘：你已經欠了很多……

路易斯：是的，我已經決定了，自己下地獄……

李三娘：說到底，你還是自私，你只愛你自己……

路易斯：不，我愛寫作就不能愛自己，娘，我愛寫作就不能愛你……

李三娘：可是和我在一起，你一定會有更多的創作靈感……

路易斯：不，我的藝術不答應，他要全部占有我，一點也容不下別人……

62

李三娘：幹麼說得那麼冠冕堂皇呢？

路易斯：魚與熊掌不能兼得。娘。我已經決定了，在你和藝術之間，我選擇的是藝術。

李三娘：所以你才會那麼失敗。寫作不是枯燥的放棄自己，而是享受生活感悟自己，理解別人了解人生。

路易斯：我做不到……

李三娘：所以你的失敗才會這麼徹底……藝術和寫作不是乾巴巴枯燥燥，它需要豐厚的生活累積，需要你對人生、他人和社會有很深的觀察和理解。

路易斯：也許你說的都對……

李三娘：你做不到，所以你失敗了。你就像那頭瞎眼毛驢陷入泥淖，越掙扎你就越陷越深……

路易斯：說這些有什麼用？

李三娘：兔娃，我恨，我恨你啊——

路易斯：我已經決定好了。

李三娘：我死的時候，對著夜空的星星發誓，我要找你報仇，我要化成厲鬼找你報仇！

【烏鴉、青蛙和白兔們衝上舞臺。】

烏鴉、青蛙、白兔：報仇，報仇——

李三娘：想一想，娘一生真是可憐，就連死後來找兒子，兒子也認不出我。

路易斯：不，娘，我早就認出你了。

李三娘：我臉上化了妝，容貌模樣大變了。甚至我的腿也不瘸了。

路易斯：可是我還是感覺到了你。

李三娘：你什麼時候認出我？

《白兔》戲劇劇本

路易斯：從一開始我就懷疑，可是我又懷疑這一切是我的幻覺。我最近頭疼得厲害，眼前總會出現虛幻的人物……

李三娘：所以我可能也只是你的幻覺？

路易斯：有這樣的可能。

李三娘：所以這場演出也可能只是你的幻覺遊戲？

路易斯：有這樣的可能。

李三娘：你瘋了，兔娃，你瘋了。

路易斯：整個世界都是瘋人院，再多我一個瘋子也沒關係。

李三娘：兔娃，你從什麼時候確信我就是你娘？

路易斯：當我聽到你提白兔時，我就知道你是我娘。只有我娘才張口閉口不離開白兔。

李三娘：白兔可是我們的救命恩人啊。

路易斯：等我看到戲曲李三娘上場時，我已經確信無疑，你就是我娘。

李三娘：兔娃，你為什麼不逃走？

路易斯：我可以逃到天涯海角，可是我怎麼能脫逃自己的心魔？你會一直把我緊緊追趕，永不丟棄，不是嗎？

李三娘：這倒也是。仇恨讓我復活，讓我緊緊把你追趕。兔娃，你逃不脫的！

路易斯：娘，我已經決定死去。

李三娘：是嗎？

路易斯：（從袋子裡掏出紅繩子。）即使你不出現，我也一樣決定死去。可是現在我竟然能死在你懷裡，娘，你說我該有多幸福！

李三娘：這就是我來這裡的原因，兔娃，我知道你有心結，你內心埋藏太多對我的愧疚。你呼喚我，所以我從墳墓中復活。只有滿足了心願，你才

64

會平靜死去。做母親的總是愛著兒子，即使她們做了鬼魂，一聽到兒子的呼喚，也馬上從墳墓中復活，快步來到兒子身邊。

　　路易斯：謝謝你，娘。（把頭放在李三娘的懷裡）

　　李三娘：別客氣，兒子。

【他們抱在一起。烏鴉叫，他們陷入呆滯中。天上飄起雪花。】

第十一場

【馬蹄聲隱隱傳來。「娘，娘—」遠處傳來劉承佑的呼喊聲，在天地間迴盪。戲曲李三娘從昏迷中驚醒，極力撐起身子，用心聽。兩隻白兔攙扶起了李三娘，別的動物們也走了過去。】

　　戲曲李三娘：啊！是誰喚我母親？

【傳來劉知遠和劉承佑的呼喊聲：「娘，你在哪裡呀—」】

　　戲曲李三娘：（驚喜萬狀）啊，是兒子接我來了！（亢奮站起）兒子，咬臍郎，

　　我在這裡……

　　劉承佑：娘，娘 ——

　　戲曲李三娘：你，你是咬臍郎……

　　劉承佑：娘，我是咬臍郎……

【劉承佑跪下撲到戲曲李三娘懷裡。】

　　戲曲李三娘：咬臍郎，我的兒子……

　　動物們：（合唱）回來了，回來了，

　　夢中的親人回來了。

　　人推磨，磨練人，

不屈的三娘回來了，

雪花飛舞，玉桂含笑，

心中的春天回來了。

【燈暗。】

第十二場

【舞臺上飄起了雪花。青蛙叫了好幾聲。白兔把一隻生日蛋糕送上來。李三娘唱生日快樂歌。】

李三娘：（唱）咬臍郎，祝你生日快樂，生日快樂，有生的日子天天快樂……

路易斯：謝謝娘，謝謝你給我過的這個生日，永生難忘……

李三娘：兔娃，許個願吧。

路易斯：好的，娘。（停頓）

路易斯：娘，這是最後一場，讓我說完臺詞吧。

李三娘：好的，兔娃。

【李三娘整理路易斯的衣服。他們用一種舞臺腔說下面的臺詞，略帶嘲諷中卻帶著悲哀。】

李三娘：仲秋節……

路易斯：仲秋節，我三十二歲生日。

李三娘：這鬼天氣。

路易斯：鬼……

李三娘：這樣的天氣真少見。

路易斯：仲秋節下雪，確實少見。

李三娘：是的。很少見。

路易斯：很少見。（停頓）

李三娘：天氣真壞。

路易斯：壞天氣。（停頓）

李三娘：天氣是個好話題。

路易斯：沒錯。

李三娘：我們談天氣可以談論一整天。

路易斯：一天一夜。

李三娘：十天半個月。

路易斯：半年。

李三娘：三年。

路易斯：五載。

李三娘：一個世紀。

路易斯：一萬年。（青蛙叫。）

李三娘：可是這樣的聊天沒意思。

路易斯：沒趣極了。

李三娘：要面對生活。

路易斯：要挖掘生活的真相。

李三娘：要吶喊。

路易斯：也要歌唱。

李三娘：要雜耍。

路易斯：要貧嘴。

李三娘：要說學逗唱。

路易斯：要唱念做打。

《白兔》戲劇劇本

李三娘：要冬煉三伏。

路易斯：要夏煉三九。

李三娘：要喜劇。

路易斯：也要悲劇。（停頓。青蛙叫）

李三娘：悲劇？

路易斯：對，悲劇。

李三娘：世界的悲劇？

路易斯：我們的悲劇。

李三娘：天空的悲劇？

路易斯：大地的悲劇。

李三娘：巴別塔的悲劇？

路易斯：雷峰塔的悲劇。

李三娘：鳳凰涅槃的悲劇？

路易斯：虎落平陽的悲劇。

李三娘：煮豆燃豆萁的悲劇？

路易斯：奧菲莉婭溺水的悲劇。

李三娘：銀河相望的悲劇？

路易斯：陰陽相隔的悲劇。

【停頓。烏鴉叫。】

李三娘：陰陽相隔？

路易斯：陰陽相隔。

李三娘：誰？

路易斯：我和另一個人。

李三娘：誰？

路易斯：另一個人。

李三娘：你媽嗎？

路易斯：不，我娘。

李三娘：她想要你去死。

路易斯：我也想要去死。（停頓）

李三娘：兔娃，下輩子我還想見到你。我要加倍對你好，再也不打你，我要把這輩子欠你的母愛還給你！

路易斯：娘，下輩子還讓我做你兒子吧。我要加倍對你好，我也要做個孝順的好兒子。

李三娘：好的。兔娃。（烏鴉叫）時間不早了，兔娃，你該死了。

路易斯：嗯。我該死了。

李三娘：兔娃，我給你選擇的自由，你想怎麼死？

路易斯：讓天上的雷劈了我吧。

李三娘：今晚沒有雷電。

路易斯：讓我上吊死吧。（從袋子裡拿出紅繩子。）

李三娘：桂樹太低，吊不死你。

路易斯：讓我在楓樹上吊死吧。

李三娘：娘不想看到你死後伸著大舌頭。

路易斯：讓我跳井死吧。

李三娘：你想跳井死？

路易斯：我想跳井死。（停頓）

李三娘：好的，就這樣定。

【他們來到井邊。路易斯搬開石頭，青蛙叫聲從深井裡傳來。】

路易斯：井很深。

《白兔》戲劇劇本

李三娘：是的。

路易斯：井下有條蟒蛇。

李三娘：是的。

路易斯：黑色的蟒蛇有三米長，腰比水桶還粗，牠吐著長長的紅芯子。牠餓了那麼久，正張著大嘴巴，正等著獵物到來。

李三娘：是的。

路易斯：去年中秋節，有一個大著肚子的女孩跳進井裡，正好落進毒蛇的大嘴裡，被牠一口吞到肚裡，那年冬天毒蛇都不餓。今年牠又窩在深井裡，等著獵物自己掉進牠嘴裡。

李三娘：你挺有想像力的。

路易斯：這叫守井待人。牠感到飢餓，又感到孤獨，牠想要吞下獵物和牠一起分享人生……

李三娘：你不覺得自己話說得太多了嗎？

路易斯：是嗎？

李三娘：我知道你在延緩時間。說到底，沒人願意去死。

路易斯：我願意去死……

李三娘：那你還磨蹭什麼？

路易斯：我捨不得你，娘……

李三娘：現在說這些你不覺得晚了嗎？

路易斯：娘，我的親娘……

李三娘：你就叫你祖宗也沒用！

路易斯：祖宗，老祖宗 ——

李三娘：去死，去死啊 ——

【李三娘在井邊推路易斯。】

路易斯：啊，瞧我看見了什麼？

李三娘：什麼？

路易斯：白兔，我看見白兔了。

李三娘：你就是看見金兔也不行。

路易斯：爹，爹，我在井裡看見我爹了 ——

李三娘：這不可能，不可能 ——

路易斯：爹，你怎麼在這裡，爹，我的親爹啊 ——

李三娘：讓我看看 ——

【李三娘把頭伸進井邊，路易斯推她入井，李三娘掙扎著。】

李三娘：兔崽子，我就知道你沒安什麼好心！

路易斯：娘，對不起了。

李三娘：呸呸呸，兔崽子，你放我出去！

路易斯：娘，你就下去吧！

【路易斯把李三娘踹進井裡。】

李三娘：啊 ——

【路易斯把一塊石頭丟進井裡。李三娘在井裡慘叫。】

李三娘：啊 ——

【路易斯把平石頭壓在井上，又在平石頭上放了塊大石頭。路易斯對著井磕頭。】

路易斯：娘，對不起您了！你是我沉重的心理負擔，你是我的夢魘對象，我選擇了藝術，就不能不犧牲掉您！這是沒辦法的事情，兩者只能選擇其一。我原本犧牲掉我自己，既為了您，也為了我的藝術。可是他不答應。無論我怎麼哀求，他都不答應。好吧，既然這樣，剛才許願時我就請求他來救

我。沒想到他還真的做到了。他真是神啊。他在我身體裡住下來，駐營紮寨了十幾年，早就控制了我的血液、大腦和靈魂。娘，他不答應，他不答應我就這樣犧牲掉自己，因為他還沒在我身上實現自己，所以他不允許我死去，所以死去的只能是你。（井裡邊傳來哀求聲）

李三娘：（從井裡傳來的聲音）救我，兔娃，救我 ——

【路易斯坐在井上的石頭上。】

路易斯：娘，我愛藝術，所以就不得不殺死你，第二次殺死你。就是最冷血的禽獸也沒我心狠手辣。我不知道這是怎麼了。但我的神告訴我必須這樣做，必須這樣做！（用頭撞石頭）我必須殺死自己的親娘，一次又一次。為了所謂的藝術夢想，我已經犧牲了那麼多，可是我還要一直犧牲下去。這是我要的生活嗎？為了那個瘸腿怪老頭，我有必要一直這樣做下去嗎？娘說得對，我要走出來，我要從黑暗的小房間裡走出來，我要和更多的人接觸，我要了解這個世界，我要了解人心最陰暗和最光明的那一面，我要了解社會運行的規則和潛規則，只有這樣，我才能寫出更有深度的作品。謝謝您，娘，您一直在教我各種道理。再見了娘，您放心吧，我一定要寫出更好的作品，我一定要成為最好的作家，寫出最好的作品，光宗耀祖，為您臉上爭光！再見了，娘，娘 —— 您一定明白，您的犧牲沒有白費，您會成為我作品中最耀眼的人物，你會在我作品中復活，一次又一次！到那時候，您一定會為我感到驕傲！娘，你一定會為我感到驕傲 ——

【路易斯跑下場。烏鴉叫，一隻白兔牽著李三娘再次從墳墓中走出來。她望著路易斯的背影。】

李三娘：哈哈哈……

【李三娘撿起地上的筆記本。】

　　李三娘：兔娃，你忘記了我是鬼，鬼怎麼會被人殺死呢？哈，你以為你逃得遠遠的，但我會一次又一次出現，出現在你的夢境你的生活你的幻覺中，每一次我的出現都要變成你的噩夢。但這又有什麼關係？生活本身就是一場噩夢，兔娃，和我在一起並不見得是什麼壞事。（翻閱筆記本）你以為可以像甩掉舊衣服一樣甩掉我，可是這怎麼可能？只要有這個筆記本，我就知道你想寫什麼故事，然後在你搜集素材時，在你的幻覺中，我會不斷在你面前顯現。兔娃，我會讓我的每一次出場都是場噩夢，這樣你才知道我的厲害，才知道你遺棄我要付出多大的代價！哈，兔娃，我的乖兒子，你口口聲聲說為了藝術要犧牲，你說要把自己放在宗教的祭壇上，像羔羊一樣獻出去。可是你心裡明白，你有多傻你有多自私，兔娃，你是天底下最自私的兒子！我要追你一輩子，堵你一輩子，折磨你一輩子！你逃不出我的手掌心。我發誓，我要像捏死一隻白兔那樣捏死你！我要像捏死一隻白兔那樣捏死你！兔娃，我的兔娃啊——

【幕落】

《道可道》戲劇劇本

《道可道》戲劇劇本

「道可道，非常道。名可名，非常名。」

　　——《道德經》

《道可道》戲劇劇本

人物：

　　吳道，年齡略長

　　可名，年齡略輕

　　醫生，戴著眼鏡。

　　鸚鵡，也就是後來的男病人。

　　花鸚鵡

　　女病人

　　其他一些患者

第一場

【白色的房間。房間裡有一株桃樹，大朵的豔紅桃花盛開著。房間沒有窗戶，只有一個白色的門。房間裡還放著一個黑色的大籠子，一隻鸚鵡站在籠子裡。黑色的籠子可以轉動。鸚鵡盯著觀眾看。房間裡還有一張床。牆壁上掛著時鐘和一面鏡子。整個房間就像一個大籠子，但這個籠子又被外面一個更大的籠子包圍著。他們是一群被囚禁在籠中籠的怪獸。可名站在房間裡沉思，他左手腕上纏著繃帶。雨聲。】

可名：我……（沉默）

鸚鵡：說吧！

可名：我，我……（沉默）

鸚鵡：說吧說吧！

可名：我真的不知道該說什麼。（沉默）

鸚鵡：隨便什麼都行。

可名：真的，真的，我要是知道你們想聽什麼就好了。可是，我，我……

好吧，我就談談我自己吧。我是個作家，兩年裡一個字都沒寫出來。整整兩年，我坐在房間裡，對著發白的牆壁，一個字都沒寫出來，就連屁都沒放出一個……（鸚鵡沉睡）我還是個作家呢，我真該一槍砰了我自己。（沉思）要是有槍，我一定會這樣做！那一定很酷！你知道，這可不新鮮，很多藝術家都有過瘋狂的舉動，梵谷割了自己的耳朵，奧古斯丁割了自己的陰莖，海明威開槍打死了自己。我要是想做，一定得計劃好……

鸚鵡：（突然醒來尖叫）計劃好計劃好！

【鸚鵡繼續沉睡。鐘敲十二下。】

可名：父親死的時候，鐘也這樣敲過。那天還下著雨，就像現在一樣……父親死了多少年？我不記得了，完全不記得了。我只知道那時候我還很年輕，幾乎什麼都不懂。我現在眼角有皺紋，頭頂也禿了……

鸚鵡：好難看好難看！

【醫生推開白門，走進來，他手拿病歷表，就像一臺製作靈敏的機器人。他冷冰冰的觀看著。】

可名：要是現在我們（在街上）碰面，父親一定認不出我。（沉默）說不定，我也認不出他來……我害怕見到他。他很古怪，脾氣又暴躁。我們都怕他。他比我好看多了，很多女人都愛他，他熱心腸，對我和姐姐卻很凶……

鸚鵡：說這些有什麼用……

可名：「海灣那邊有一棵綠橡樹，這樹上掛著一條金鎖鍊……這橡樹上掛著一條金鎖鍊……」

鸚鵡：（唱）金鎖鍊，噢，金鎖鍊！

可名：將軍不上戰場一定活不下去，舞蹈家失去雙腿一定會瘋掉，作家寫不出字……

《道可道》戲劇劇本

鸚鵡：槍斃，哈，立即執行！

可名：這是個好主意……（從口袋掏出一個小本，飛快的記下）「一個青年作家，尤利西斯的東方兒子，在北京城遊蕩，因絕望而決定自殺……」

鸚鵡：好主意好主意……

可名：這是我計劃要寫的一部小說，這樣的想法我有二三十個，可是我永遠寫不出……我不知道是什麼原因，沒人告訴我……

鸚鵡：告訴你什……

醫生：可名，你好點了嗎？

鸚鵡：……麼？

可名：好了。

醫生：昨晚睡得還好嗎？

可名：很好。

醫生：藥按時吃嗎？

可名：吃了。（醫生做紀錄。沉默）

鸚鵡：什麼時候能出院？

醫生：嗯？

可名：我……

醫生：我？

可名：什麼時候能出院？

醫生：嗯。還不太好說……

可名：不太好說？

醫生：現在情況還不太穩定……

可名：什麼時候才能穩定？

醫生：等你不再大喊大叫的時候就穩定了。

鸚鵡：我想朝你臉上拉屎！（對著醫生放屁）

可名：我不明白為什麼我要被關在這裡？誰賦予了你這樣的權力？我犯了什麼罪？為什麼我要像猴子一樣被囚禁在這裡？你們是在做實驗嗎？我知道房間裡裝得有攝影機，我的一舉一動都被你們拍下來了。不管我吃飯喝水放屁拉屎撒尿都被你們看得一清二楚……即使是動物，也需要一點隱私……

鸚鵡：我要隱私權！

可名：放了我，你們放了我吧，我想在大街上吹吹風，在廣場上晒晒太陽，在花園裡放放風箏……

醫生：你很清楚是怎麼回事，可名，你很聰明，你該知道大喊大叫只會讓你更晚出去。（沉默，鐘錶走動的聲音）你吃了一大瓶安眠藥，被搶救過來又割了腕。你該知道，這有多嚴重。你出版了兩本小說，很多人看好你的前途。你應該有更好的作品……

可名：死亡是我最好的作品……

【可名扯下手腕上的繃帶，綁在鸚鵡的頭上。】

鸚鵡：嗚哇 ——

醫生：他們把你送來，只是為你好……

鸚鵡：（搔首弄姿）酷斃了！

醫生：你被監控，也是為你好……

可名：被捆綁也是為了我好？被毆打也是為了我好？被電擊也是為了我好？你們還準備切除我的腦額葉，手術時間都安排好了，這也是為了我好吧？【他推了下黑籠子，黑籠子轉起來。】

醫生：目前我們只能做這些。

鸚鵡：為你好，為你好……

醫生：你要好好休息，爭取早日康復出院……

《道可道》戲劇劇本

可名：需要多久？一輩子嗎？

醫生：這要看你的表現。

【醫生轉身。】

可名：醫生，這是哪裡？

醫生：你可以稱為醫院。

可名：或者地獄。

醫生：是啊，他人就是地獄，醫院也是地獄。

可名：不要讓我待在這裡，不論是醫院還是地獄，我都不要。

鸚鵡：都不要！

醫生：哈哈哈哈……（突然停止笑容）哼！

可名：醫生，醫生，不要讓我待在這！不要，醫生，不要讓我一個人在這裡！給我帶個人，或者別的病人也行。一個人待在房間裡太可怕了，我會瘋掉的！

醫生：難道你還沒瘋掉嗎？

鸚鵡：哈哈，瘋子，瘋子！

可名：我不知道……

醫生：你不承認你瘋了嗎？如果你沒有瘋，那一定是我瘋了！很明顯，你被關在這裡接受治療，要麼是你瘋了，要麼就是我瘋了……

可名：也許我們都瘋了……

【可名用力轉動籠子，籠子斑駁的影子照在白色的牆壁上。】

醫生：什麼？你在說什麼啊？瞧你的瘋癲，瞧你眼睛露出的凶光？你真像條狗，瘋狗，要是把你放出去，你一定會咬死幾個人！

鸚鵡：汪汪——汪汪汪——

【鸚鵡用力扒著籠子邊緣，想要擠出籠子。他像狗一樣叫著。】

醫生：你現在一定想撲過來咬死我，我猜得對吧？別忘了，我是精神科的醫生，我專門研究你們來著。我是精神科的專家，還拿過博士學位，我的博士論文題目就是《現代社會中的瘋狂、判定、治療和消除》，論文答辯時我得了全優……你一定覺得奇怪，我幹麼要告訴你這些。你一定在想，我是不是也瘋了？是的，沒錯沒錯，我能看出你所有的潛意識心理。所以在我面前最好乖乖的，不要玩弄什麼花招……

【可名像木偶人一樣呆立不動，鸚鵡像狗一樣嗚咽起來。】

醫生：我是不是瘋子？你想知道這個，對不對？這是個複雜的哲學問題，要想說清楚，需要一輩子的思考。不過用最簡單的幾句話也能說清楚。判定誰是瘋子，其中的訣竅並不在於衡量的標準，而在於由誰來判定。明白了這一點，一切就很清楚。所以，問題的關鍵並不是我是不是瘋子，而是在我們這裡，由我而不是你來判定你是不是瘋子，我說你是瘋子你不是瘋子也是瘋子，我說你不是瘋子你就是瘋子也不是瘋子。多待幾天，你就會明白這裡的訣竅。（沉默）

鸚鵡：（突然大叫）瘋子，瘋子！

醫生：你這麼聰明，一定會學得很快。如果實在不明白，你就暫時放下這個問題。你要是一直鑽牛角尖下去，即使不是瘋子最後你也一定變成瘋子。我是醫生，對這一點清楚極了。（沉默）也許這很難理解。或者我們可以這樣想：整個世界都是個瘋人院，我們都是瘋人院的病人，你和我都是世界的病人，精神病人，只不過我是醫生你是患者，這些都是名稱上的差別，本質上我們毫無差別，但規則規定了你在這裡接受我的治療。沒有人能改變規則，就是天王老子也不行……這樣想，是不是好點？（沉默）對不起，我們談了太久，別的病人一定等急了。

可名：醫生，醫生？

《道可道》戲劇劇本

醫生：怎麼了？

可名：我瘋了。

醫生：什麼？

可名：我瘋了我是瘋子我瘋了我是瘋子我瘋了我是瘋子……

【醫生走過去撫摸可名的臉。】

醫生：很好。你很聰明。你理解了重點。但我覺得你不必情緒這麼激動，這只會給醫生留下壞印象。你這樣表現，醫生會覺得你的用藥還要加量，還要接受三個療程的電擊療法，甚至大腦額葉切除手術也很必要。我明白我的意思，你很聰明……

鸚鵡：魔鬼，披著人皮的魔鬼！

可名：（抑制自己的狂躁）醫生，我瘋了，我需要在這裡住下去。

醫生：我說過，你很聰明。

可名：醫生，給我個室友吧，隨便什麼室友都行，暴露狂、變性狂、色情狂、虐待狂、殺人狂，隨便什麼都可以。（沉默）隨便什麼人，只要是瘋子，我只要瘋子！

醫生：（微笑）嗯。我會認真考慮你的意見。

鸚鵡：我要吃了他，我要把他煮了吃掉！

可名：不要讓我一個人待在這，（跪下）我受夠了，受夠了……

醫生：（笑）好，很好。我知道你的想法了。（醫生轉動籠子，鸚鵡在籠子裡雙腳往上跳個不停）我會向委員會提交你的請求，我們會認真討論你的要求，我們會本著認真負責的態度盡快給你答覆。只要有利於你早日恢復健康，一切請求都會得到允許。但這並不能由我做主。你很清楚，委員會的那些頑固分子有多保守……

【醫生離開。可名倒在地上，片片桃花落在他身上。】

鸚鵡：呀呀呀呀呀呀……

【燈滅】

第二場

【燈亮。醫生手拿著信宣布委員會的決定，可名低著頭恭敬的站在他面前。】

醫生：可名先生，關於你上次申請新室友和你同住的請求，在我們委員會第七次會議上作為一個重要議題得到討論。大家經過了激烈的爭論，大致來說有兩派觀點：一派認為你的請求毫無道理，根本不值得拿到委員會討論來浪費大家的時間，畢竟還有那麼多重要的問題需要得到關心，比如何吸籌建新的精神病連鎖醫院，比如如何吸引政府和慈善團體對精神病醫院的補貼，比如如何把我們的醫院的精神病文化輸入西方國家，進而宣傳並傳播我們的精神病新文化等的議題。

鸚鵡：狗屁狗屁！

醫生：總而言之，這派觀點認為你的議題小的不值得再去說一個字。但另一派完全不同意他們的觀點。他們認為，對每個精神病患者給予瘋道主義的關懷是瘋文主義的基本精神，你的請求展現了你的個人需求，既正當又合理，重視患者的每一個需求，正展現了對患者的一種尊重。如果能把他們的需求都得以滿足，他們相信，患者一定會早日康復出院。他們生病僅僅是因為他們的潛意識被壓抑得太厲害了！

鸚鵡：就光聽醫生大談哲學了！

醫生：兩派激烈的爭論了好幾個小時，為了說服對方，委員們甚至在會議室裡公開謾罵、推擠和扭打。有影像為證。請看 VCR。

【燈暗。幾個穿著白衣服的醫生衝上舞臺，他們互相咒罵、扔皮鞋、推擠、

《道可道》戲劇劇本

顫抖、撕扯衣服、毆打、高聲尖叫，幾個醫生臉上帶著血，醫生 B 坐在地上唱歌。醫生 C 在地上爬，醫生 D 爬到 C 身上毆打 C。醫生 C 爬向可名。醫生拿著鞭子抽打他們，他們裝出快活的樣子表演，既喜又悲。】

　　醫生 A：家，你知道我家在哪裡嗎？我找不到我的家了……

　　醫生 C：（做眼瞎狀）這是哪裡？救我，救救我！

　　醫生 B：我是一隻大臭蟲，沒有長陰莖！我是一隻大臭蟲，爬呀爬呀，一直爬到你的老窩中！

　　醫生 D：神啊，上帝啊，菩薩啊，真主啊，佛啊，你們在看嗎？你們聽到了嗎？

　　醫生 B：媽，媽媽——

　　醫生 A：爸，爸爸——

　　醫生 C：黑，這麼黑啊——

　　醫生 D：老天爺，老天爺啊——

　　醫生：神啊，我們真快活，你們說對不對？

　　眾醫生：我們快活真快活！（跳四小天鵝舞）

　　醫生：神啊，我們真幸福！要是我們現在死去，我們一定會說我們過得很幸福！

　　鸚鵡：審判，末日審判！

　　醫生們：審判，末日審判！審判，末日審判！

【鸚鵡對著眾人放了一個悠長的屁。醫生們陷入集體的狂亂舞蹈中，他們跳一種土耳其旋轉舞，醫生站在圈中央。】

　　可名：啊，啊，啊——

【可名倒在地上，可怕的哨聲響起。一個強壯的醫警拿著警棍上場，他驅趕毆打，還朝可名頭上打了一棍，可名倒地。燈亮，別的醫生消失不見。可名

從地上爬起來，渾身顫抖，可名腦袋上流血。醫生拍了拍可名的手。】

　　醫生：可名同事，你想知道委員會最終的決議嗎？

　　可名：嗯。

　　鸚鵡：有話快說，有屁快放！

【鸚鵡又放了一個屁。眾人陷入呆滯中。沉默】

　　醫生：經過謹慎又細緻、思之再三的討論，經過反覆的權衡各方的利弊得失，經過了兩派委員們棒打腳踢的較量後，委員會最終做出如下決議……

　　鸚鵡：該死的，他們早就商量好了……

　　醫生：（從口袋裡掏出聖旨）中央第一精神病醫院 9991 年第 213 號決議：同意在「思無邪」房間安插新的病友，但新病友的人選卻需要院長親自指定。欽此親親。9999 年 13 月 1 日。可名，祝賀你的請求得到通過，這展現了我們醫院偉大的瘋道主義精神。

　　鸚鵡：瘋道主義萬歲，瘋道主義萬歲！

【可名腦袋上的血流成河，血流到籠子裡，鸚鵡在血裡打滾洗澡，鸚鵡喝了一口血，噴到醫生身上。醫生呆在那裡。】

　　鸚鵡：噢，噢！

　　醫生：你不說話，可名，你不高興嗎？（沉默）你學會了沉默。我要警告你，沉默是一種可怕的疾病，一種比瘋狂還要可怕的疾病。如果你一直沉默不語，我們只能把你的沉默看作一種反抗，一種與精神病院作對的反抗。這是不對的，也是不應當的。所有的病人都知道，我們絕對不能和精神病院作對，這是做患者應當遵循的第一準則！

　　鸚鵡：不能反抗！

【可名勒住鸚鵡的脖子，把他從籠子裡拖出來。】

　　鸚鵡：（聲音更低）永遠不能反抗！

《道可道》戲劇劇本

【可名用力勒住鸚鵡的脖子，拖著他在舞臺上奔跑。】

　　鸚鵡：我，我死了……

【鸚鵡倒地。可名逼近醫生。】

　　醫生：可名，你瘋了嗎？你喪失理智了嗎？你……你不會……可名，你應該明智，如果你打醫生，你知道後果！你知道是什麼樣的後果！不需要我警告你第二遍。

【可名轉過身，無聲的哭泣，他的肩膀抖動著。】

　　醫生：把你的憤怒說出來，可名，說出來你就好了！說啊，瘋子，說啊，瘋可名，你說啊，說啊！

【醫生把可名拽過來，讓他面朝觀眾。醫生拍可名的臉，醫生的手上都沾上了可名的鮮血。鸚鵡從地上站起來，他嘴巴張大很大，卻沒有聲音。鸚鵡做出拒絕的誇張肢體動作。】

　　醫生：可名，你必須說話，你很清楚，如果你感染上了沉默，你就要被關在暗室裡去……那裡有多可怕，你比我還清楚，你剛從那裡回來，你還要再去嗎？可名。（沉默）可名，你想進暗室嗎？你啞巴了嗎？可名！最後一次問你，你不想說話嗎？

【鸚鵡】

　　醫生：你真的不想說話嗎？真的嗎？……

　　可名：嗯。

【身穿黑衣的吳道悄無聲息的上場，他慢慢走近可名。】

　　醫生：（鬆了一口氣）想要您老人家開口，真比男瘋子懷孕生孩子還要難。我不明白那些父母幹麼要生出孩子，生了一窩又一窩，就像那些下水道的老鼠一樣。既然他們不快活，幹麼還要生那麼多孩子，增加我們醫院的負擔……

【吳道走到可名面前停住，他們對望著。】

　　醫生：你不清楚，外面的世道有多亂，要想經營下去，我們的醫院有多困難……政府給醫院的財政撥款越來越少了，你也知道，整個世界都在爆發瘟疫，可怕的瘟疫彌漫在整個世界，人死了一批又一批，屍體把河道都塞滿了。只有我們的醫院還沒有被感染。我們醫院是全世界剩下的唯一的淨土……

【說這些話的時候，吳道從口袋拿出白色的紗布要給可名包紮。可名躲避著，吳道在後面緊緊追趕，鸚鵡在他們中間穿梭。可名跑過醫生身邊，吳道繼續追趕他。鸚鵡夾在他們中間。鸚鵡趁機啄了一下醫生的手。】

　　醫生：啊！

【眾人呆住。可名又在醫生身邊擠，吳道拿著繃帶追趕他，鸚鵡夾在他們中間。他們推擠著醫生，醫生的眼鏡掉了，他像瞎子一樣亂摸亂叫。】

　　醫生：全世界各地的人都湧到我們醫院，有亞洲人有歐洲白人有非洲黑人有黑白混血人有美洲印第安人……（病人們上場，表演醫生話裡的內容，可名、吳道和鸚鵡像雕塑那樣呆在那裡）成千成萬的人跑到我們醫院門口，他們在大門口擠來擠去，好多人倒在地上被眾人踩來踩去，踩死了多少嬰兒多少老人，還有一些青壯年拿著軍刀對周圍人砍殺，只為了殺開一條血路早日進到我們醫院……在這瘋狂時刻，誰也顧不了誰，爸爸扔掉女兒，媽媽掐死兒子，哥哥摔死弟弟，妹妹勒死姐姐，親人鄰居一片混戰，大家都拚命削尖腦袋往我們醫院擠。他們都明白只要來到我們醫院就不會死掉，即使成為精神病人也比死掉強啊，沒有人願意死啊，誰不想活下去啊，像精神病人那樣活下去，多麼幸福啊，啊……啊——

【病人下場。鸚鵡狠狠啄了下醫生的下體。醫生用手緊緊捂著下體倒地。沉默。可名開始奔跑，吳道在後面繼續追趕。鸚鵡邊看邊跳舞。】

《道可道》戲劇劇本

鸚鵡：啦啦啦啦啦啦……

【醫生抓著可名的腳，可名甩開醫生奔跑，醫生爬著追趕他們。可名和吳道一齊胳肢鸚鵡。】

鸚鵡：嘿嘿嘿嘿嘿嘿……

醫生：（聲嘶力竭的叫喊）醫院走廊裡、走道裡、廁所裡、下水道裡都擠滿了人，擠滿了人！無論怎麼驅趕，他們都不散去。憲兵向他們噴灑水槍、催淚劑，還往人群裡扔手榴彈，用機開槍槍枝在門口掃射。死人的屍體堆積成山，可是沒有人願意離去，沒有人願意離開精神病院，大家都渴望罹患精神病好留下來，很多人在醫院門口裝瘋賣傻，有的在死人堆裡跳舞，有人因為飢餓吃著死屍……他們很清楚，這是他們最後的機會，最後得救的機會……

【可名停住，吳道給他包紮。鸚鵡在跳一種奇怪的舞蹈。醫生哭起來。】

醫生：整個世界都成了停屍場，你們不知道嗎？我，我們醫院是最後得救的地方，他們唯一，唯一得救的地方……他們離不開我，離不開我們的醫院，精神病醫院！（跪在地上）我，我，我們所有的醫生將決定誰得救誰死亡，我，我，我們決定誰下地獄誰上天堂，他們離不開我，我們，他們離開我，我們就要死！我，我們規定他們必須死！必須！只有我，我們才能決定誰去死誰去活！

【鸚鵡放了個屁。可名哈哈大笑，吳道也張嘴大笑，但吳道沒有聲音。】

可名：哈哈哈哈哈……

醫生：他們需要我，離不開我。他們在叫我。我聽到他們叫我了。

鸚鵡：醫生，醫生，醫生！（放屁）

可名：哈哈哈哈哈哈……

【吳道給可名包紮好傷口。鸚鵡的舞蹈慢下來。】

　　醫生：（站起來，隨隨便便，彷彿根本沒有發生什麼事情）不管他們鬧得多凶，我一定對付得了他們。（從口袋裡掏出一幅新眼鏡帶上。）

　　可名：哈哈哈哈哈……（笑聲變得僵硬）

【鸚鵡的舞蹈逐漸僵硬，彷彿被一隻鎖鍊緊緊縛住。醫生照鏡子。】

　　醫生：他們只是臭蟲，我用一隻手指頭就能捏死他們。他們翻太多跟頭，也逃不出我的手掌心！我會叫他們知道我的厲害。等著瞧，等著瞧！

【醫生有一根指頭推倒鸚鵡。可名、吳道和鸚鵡陷入呆滯中。】

　　醫生：（滿意的望著他們）對了，可名，下面我要給你介紹你室友吳道的基本情況。我受委員會的委託，必須要這樣做！（他從口袋掏出卡片）病人，自稱叫吳道，自認性別，男，自稱年齡，四十，嗯，這是什麼字……嗯，自稱年齡，四十五歲，在我們醫院住了一年，是個老病友了。他以前是個牧師，在我們醫院治療半年後，他已經能開口流利的講話。在三個月前的一次傳道會上，他被邀請上臺發言，他講自己在精神病醫院受到極好的接待和治療，講得精彩極了，所有病人都喜歡極了他的發言……他講了一半，突然又停住了，他呆呆的望著聽眾兩分鐘的時間，病人吃驚的望著他，他勉強的對著聽眾笑了笑，接著又無聲的哭起來，從此後再也沒有說話……

【醫生用鞭子抽吳道。吳道慢慢走到臺前，向觀眾表演當時的情景。】

　　醫生：吳道，笑，哭！不對，你剛開始的笑要更真誠，剛開始的哭也要更痛苦，就像發自靈魂深處……好，再來一遍。（吳道表演笑和哭）嗯，這次好多了。嗯，保持，繼續。記住，最後你的哭和笑要變得僵硬，就彷彿地獄中的夜叉……吳道無聲的哭泣，接著又想笑。最終他什麼都沒說……

　　鸚鵡：為什麼？為什麼？

《道可道》戲劇劇本

　　醫生：所有的病友都望著他。他走下臺，之後再也沒說過一句話。據病人家屬介紹，吳道以前是傳道士，在一次傳道的集會上突然說出汙言穢語，侮辱神靈，被眾人趕下神壇……

　　鸚鵡：為什麼？他為什麼要告訴我們這些？……

　　醫生：我說的話你都明白吧？

　　可名：嗯。

　　醫生：可名，出於對你的關心，我必須要提醒你小心吳道，因為你從來不知道瘋子的真正想法。他們喜怒無常，往往擁有暴力傾向。你從來猜不透他們為了什麼目的接近你……有時候他們臉上對你笑，腳下卻阻礙你；有時候他們明裡一把火，暗裡卻是一把刀。從沒有人能知道瘋子的真實想法，除了我，我們醫生……

【吳道伸給可名一隻手，可名躲開。】

　　鸚鵡：嗚呀呀，呼兒咳吆 ——

　　醫生：不過可名，你也不要太害怕。病人說的每句話都沒必要當真，就連病人家屬說的話你也不知道真假。因為他們也是瘋子，如果瘋子說的每句話都是真的，那這個世界早就好了。哈哈哈哈哈……

【可名坐下。】

　　醫生：對了，可名，我也有必要提醒你，就連我的話，我剛才說的那麼多的話，你也不必當真，因為這些話你根本不知道真假。對不對？也許那些話全都是真的，也許全是假的；也許半真半假，也許半假半真；也許七分真三分假，也許七分假三分真……

【吳道給可名擦汗，可名推開他。醫生轉動籠子。】

　　醫生：沒有人能辨明這一切的真假。就連我們也不知道自己話裡的真假，

有時候我們根本不知道自己在說什麼，話還沒來得及想就已經出口，我們自己都不明白自己的意思，更不用說你們了。（轉動籠子的速度加快）我們生活在一個無知和不知對錯的世界。所以認識到我們都是瘋子是多麼重要。必須要活下，要活下去啊，即使他人都是地獄，即使我們自己就是地獄，我們也要活下去啊！這是我們唯一生存之道……

【吳道扶起可名，他們慢慢走向籠子。可名和吳道靠近籠子，籠子轉動著打他們的身體。】

　　醫生：幸好還有我們，還有我們醫生，這個世界的唯一清醒者。我們規定著什麼是真什麼是假，我們制定標準，我們給你們提供意義，我們給這個虛無的世界注入強心劑……

【吳道和可名，籠子速度變慢。他們進了籠子，鸚鵡鎖上籠子的門。】

　　鸚鵡：耶！耶！

【一隻花鸚鵡從籠子的黑布下鑽出來。可名和吳道呆滯的望著他。】

　　花鸚鵡：嘎嘎嘎——

　　鸚鵡：耶耶耶——

【他們隔著籠子接吻。花鸚鵡緊緊抱著鸚鵡，鸚鵡推開花鸚鵡。】

　　鸚鵡：媽的——呸——

【鸚鵡用力推開了花鸚鵡。】

　　鸚鵡：他口臭，還咬我——

　　花鸚鵡：嘎嘎嘎——

【鸚鵡生氣的扔掉帽子—鸚鵡羽毛做成的帽子，又脫掉身上的羽毛。他只是個披著鸚鵡羽毛的男人。醫生給男人握手，男人頭頂紮束著一綹長髮，醫生抓著這綹長髮，就像牽著一頭山羊。】

《道可道》戲劇劇本

　　醫生：祝賀你早日解脫苦海。

　　男病人：謝謝你，沒有你，我不會逃出來。

　　醫生：這是我應該做的。（這是你應得的）

【醫生敞開懷抱，男人走過去擁抱時，醫生躲開了，手裡還緊抓著男人的頭髮，男人一跟蹌，幾乎摔倒。】

　　男病人：再見，昔日的夥伴們。從此之後我們就各奔前程了。

　　可名：你不能就這樣拋棄我們！

　　男病人：放心吧，花鸚鵡會陪伴你們的。再見了，朋友們！

　　花鸚鵡：你吃屎你去吃屎吧！（唱）沒有星星的夜晚，月亮也被彩雲俘獲，說說，除了吃屎，你還能做什麼？做什麼？

　　男病人：哈哈哈……瞧，花鸚鵡比我更有天份，有他陪著，你們會更開心！

　　花鸚鵡：噢噢噢！

【花鸚鵡跳狂亂之舞。男人陷入呆滯中，醫生拽了拽男人長髮，男人像個木偶人說著下面的臺詞。】

　　男病人：再見，朋友們，想著我啊，一定要想著我啊！（哭）我愛你們——

　　醫生：嗯？

　　男病人：或者說我曾經愛過你們。永別了！

　　醫生：幹麼說永別了？你們還會相逢。

　　男病人：啊？

【他們走遠。花鸚鵡、可名和吳道從籠子裡望著他們離去。】

　　可名：等一等！

醫生：什麼？

可名：不要讓我們獨自待著……

醫生：對不起……

花鸚鵡：說點什麼吧，就算是臨別贈言。

醫生：臨別贈言？

可名：臨別贈言……

【醫生放開男人的手。醫生走到舞臺中央。男人陷入呆滯中。】

醫生：小乖乖們，我真沒想到你們還要挽留我，這實在超乎我的想像，我很激動，你瞧，我眼淚都快要出來了，但我不能，絕不能流淚，更不能情感激動……對對，情感激動很無恥，你們都知道，情緒上經常激動的人最容易變成瘋子。所以，最最親愛的朋友們，為了保護自己，我只能讓自己冷漠。或者像他們說的那樣，我用一層堅硬的盔甲或者豎立的尖刺來保護我的心，我的黑暗之心……

花鸚鵡：黑暗之心，那曾經是我成長的家園……

醫生：你們想要我說點什麼……可是你瞧，我們都沒音樂……

花鸚鵡：跳舞跳舞跳舞！

醫生：（望著一旁呆立著的男人）你是不是該跳舞了？

男病人：（呆滯）跳舞？

醫生：對。為了助興！

男病人：榮幸至極。

【男病人跳呆滯之舞。】

花鸚鵡：噢，他跳舞了跳舞了！

醫生：（打男人）頭髮頭髮！

男病人：噢。

《道可道》戲劇劇本

【男病人解開髮辮。長髮遮蓋了他的臉孔。】

　　醫生：好極了，寶貝。（親吻男病人的手）開始吧。

【男病人開始跳舞。剛開始肢體僵硬，慢慢變得狂熱。】

　　醫生：……你們想要我講話，也許你們想要我講出真理吧。當然，你們也許僅僅只是隨便說說而已，但我想要借這個話題談下去……事實上，我說不出任何的真理，一丁一點的真理我都說不出，就像我說不出我們為什麼要出生，我們為什麼要在這裡，他為什麼跳舞，你們為什麼在籠子裡一樣……我不知道這是怎麼了，這也許只是一場夢，或者是一場演出……也許就是這樣。我不知道。我什麼都不知道。這就是我唯一知道的東西……我什麼都說不出，我也說不出什麼。這就是我唯一能說出的……我不知道什麼是真理，我也不知道真理是什麼，或者有沒有真理。這就是我所知道的唯一真理……

　　花鸚鵡：噢，噢，噢——

【男病人跳著旋轉舞。醫生抓著頭髮拉走男病人，男病人像頭羔羊一樣抵抗，可還是被醫生牽走。】

　　可名：再說點什麼吧……

【吳道給可名梳頭。醫生回頭望著籠子裡的他們。男病人掙脫醫生的手，繼續跳旋轉舞。花鸚鵡抬頭望著籠子上空，他在那裡蹦個不停。】

　　醫生：……我唯一能給的建議就是，向你們的神祈禱吧，無論是上帝，上天，菩薩，佛陀，真主，或者薩滿神，月亮女神，還是狩獵女神，無論那個神都可以。如果你們沒有神，那可真夠不幸的……

【男病人一頭栽地。醫生做了個抽鞭子的手勢，鞭子發出聲響。男病人起身繼續跳舞。彷彿被鞭子抽打旋轉的陀螺。吳道給可名按摩。花鸚鵡斜著身子跳。】

可名：沒有，我們沒有……

醫生：這就不好辦了……不過，我給你們的忠告就是，即使你們沒有一個神，你們也要創造出一個新神，一個你們完全信服的神。（毆打男病人。男病人倒地，鞭子的聲音，男病人又站起跳旋轉舞。）即使不相信，你們一定要裝作相信，時間久了，你們自然就會相信。（看錶）我必須要離開，我該向我的神祈禱了！

【男病人倒地，親吻醫生的腳。醫生走，男病人拉著他的腳，醫生躲著男病人，男病人在地上爬著抓醫生的腳。】

花鸚鵡：厄門！

醫生：厄門！相信我，我們都是一群不幸的瘋子。

【鐘響，醫生驚恐的望著鐘。男病人爬過來，撲在醫生的腳上親吻然後咬嚙。】

醫生：啊 ——

【醫生腳上流血，他踢開男人，一瘸一拐的離開。男病人爬得飛快追趕他下場。】

花鸚鵡：我說不出話來。（沉默）這是我唯一要說的話……

【吳道呆呆的望著可名，可名呆呆的望著花鸚鵡。】

可名：只有我們在這裡。在籠子裡……

【幾隻蒼蠅在籠子裡飛。】

花鸚鵡：嘎嘎嘎……

【燈滅。】

第三場

【恐怖的音樂。牆上打著蜥蜴、蠍子、蜈蚣、蟾蜍、蜘蛛、毒蛇、野狼、鱷魚等動物的圖片。幾個臉上帶著動物恐怖面具的人慢慢走向床上的可名。花鸚鵡渾身顫抖，臉朝向牆壁。他們撲向床上的可名。可名尖叫著醒來。他們抓走可名，可名竭力掙扎，從床上滾到地上，可名叫喊，花鸚鵡驚恐的用頭撞牆。他們抓走了可名。可名反抗，打落一個人臉上的面具，他正是以前的鸚鵡男人。

【吳道擋住他們的路，他們繞行。吳道又擋著他們，他們拉走可名。可名叫喊著拉住吳道的手。花鸚鵡尖叫。吳道和他們搏鬥，他們放開了可名，可名躲在一旁哭。他們打倒了吳道，花鸚鵡抬頭看他們搏鬥，為吳道加油。吳道打倒鸚鵡男人。他的同伴再一次抓走可名，可名高聲尖叫。

【吳道趕過來救可名，打倒那幾個人。花鸚鵡叫好又拍手。鸚鵡男人和同伴下場，地上留著可怕的面具。可名倒在地上，渾身顫抖。

【吳道抱著可名，可名像動物一樣嚎叫。可名把他推倒。可名在地上像野獸一樣滾爬，吳道站起來，可名嚎叫，花鸚鵡淒厲的尖叫。吳道和可名對峙。吳道跑過去，可名撕咬吳道。吳道跪在地上，抱著可名的頭。可名漸漸平息。音樂變得柔美。花鸚鵡坐在地上，臉上帶著微笑。吳道輕輕搖晃著可名的頭，不出聲的唱著搖籃曲。

【可名睡去，臉上帶著笑容。】

第四場

【黑色籠子的外觀，但籠子內的擺設和第一場房間中的擺設相似，但所有物體都有黑色的框。從籠子裡，能看到外面一個更大的白色籠子房間。可以設

想，這只是無數個籠中籠中的一個。房間內出現一片雜草，可名坐在雜草旁，本子放在身邊，他旁邊放著恐怖面具，可名一直盯著面具看。房間有兩張小床，小床上有繩索等捆綁之物。吳道邊收拾床鋪邊望著可名。

【房間有個窗戶，鐵鋼筋等冰冷的對象把窗戶釘住死。窗戶上還趴著一個黑色的對象，它一閃一閃的發出紅光。這是監控用的攝影機。有了它，醫生們足不出戶就能監控到病房裡發生的一切。

【房間裡還有個紅色的籠子，花鸚鵡待在籠子裡睡覺。吳道收拾完床鋪，輕手輕腳的走過來，他腳踢到地上空的易開罐，可名抬頭看了看他。】

　　　花鸚鵡：討厭！

【吳道低下頭。沉默。可名繼續盯著面具。吳道慢慢的走到可名身邊停下，他關切的盯著可名看。】

　　　可名：奇怪……

【吳道把面具拿過來，雙手遞給可名。】

　　　花鸚鵡：（打哈欠，唱）「海灣那邊有一棵綠橡樹……」

　　　可名：謝謝。

【可名把面具拿在手裡。】

　　　可名：（沉思）我不明白……

　　　花鸚鵡：（唱）「這樹上掛著一條金鎖鍊……這橡樹上掛著一條金鎖鍊……」

　　　可名：我一定在那裡見過……

【可名四處尋找東西，吳道趕緊從地上撿起本子遞給可名。】

　　　可名：謝謝！

【可名飛快的在本子上寫字。沉默。可名站起來，手裡拿著面具，走到窗戶旁沉思。】

《道可道》戲劇劇本

　　可名：這一切都是為什麼……

【攝影機發出刺眼的白光，吳道用手護著眼。花鸚鵡尖叫。】

　　可名：他們在拍照……

【白光閃了好幾下。吳道退到雜草旁，趴在地上。可名輕輕顫抖著，幾乎倒地。】

　　花鸚鵡：娘的眼……

【沉默。白光消失。可名繼續看著窗外，身體輕輕的顫抖著。花鸚鵡發出鼾聲，眼睛卻睜得老大。吳道從桌子上拿起一件外衣，恭敬的走到可名身邊，他手捧外衣朝可名彎腰。沉默。吳道給可名披上外衣。】

　　可名：啊……

【可名扔掉面具，驚恐的退了好幾步。可名望著吳道，吳道不出聲的比劃著。】

　　可名：（勉強微笑）謝謝！

【吳道搖搖頭。可名坐回到桌子旁。吳道跟在可名身後。可名把身子背過去。花鸚鵡放了一個屁，繼續打鼾。】

　　可名：在一個黑暗的房間裡，眾人都快要悶死了，只有我一個人醒著，我不知道要不要叫醒他們……

【吳道打了個哈欠。】

　　可名：你睏了就睡吧。

【吳道急忙搖頭。】

　　可名：好吧，隨你……我怎麼都睡不著，卻又像在夢中，真奇怪，我也許該記下這種感覺……

【吳道急急的跑過去，把可名的本子拿過去，彎腰遞給可名。可名在沉思中沒有看到，或者假裝沒有看到。沉默。】

　　花鸚鵡：（睡夢中大笑）哈哈哈哈哈……

【沉默。吳道用本子碰了碰可名的手臂。可名跳起來，高聲尖叫。】

　　可名：啊——

　　花鸚鵡：（夢中尖叫）做什麼啊你？

【吳道吃驚的望著可名。可名奪過本子。】

　　可名：謝謝！

【可名胡亂的在本子寫東西。沉默。吳道站了一會，起身給可名端茶，他把茶杯放在可名身邊，聲音很響。可名繼續在本子上寫東西。吳道慢慢的站在可名面前，可名轉動身體，背對著吳道。吳道舉著右手，準備拍可名的肩膀。可名突然站起來，回頭望著吳道。吳道手停在半空中。沉默。】

　　花鸚鵡：（夢中）哈哈哈哈哈哈……

【吳道的右手停在，左手指了指地上的茶杯。】

　　可名：知道了知道了！

【可名氣惱的坐下，在本子上更快的寫東西。吳道拿起雜草叢的一把扇子，他給可名扇扇子，同時也偷偷的看可名寫的內容，可名躲著他。吳道把頭逼近可名的本子，可名抬頭看吳道。沉默。】

　　花鸚鵡：無聊啊。

【吳道訕笑，吳道用扇子給可名搧風。】

　　可名：（寫）「人們不能用緊閉自己的鄰居來確認自己神智健全」……
　　花鸚鵡：健全，哈哈哈……

《道可道》戲劇劇本

【花鸚鵡繼續陷入沉睡中。可名身邊有蒼蠅在嗡嗡的飛，吳道用扇子驅趕蒼蠅，一不小心扇子拍在可名身上。可名站起來，換了個地方。】

可名：嗯！（坐起來）「人類必然會瘋癲到這種地步，即不瘋癲也只是另一種形式的瘋癲」……這很有意思。（沉思。）

花鸚鵡：有意思！

【花鸚鵡繼續陷入沉睡，還發出鼾聲。蒼蠅嗡嗡的飛，吳道用扇子拍蒼蠅，打翻了地上的茶杯，水流在可名的本子上。吳道慌張的去擦，卻弄破了可名的本子。吳道呆在那裡，驚恐的望著可名。可名站起來。】

可名：你……

花鸚鵡：你你你！

【吳道低下頭。】

可名：唉，算了，不寫了不寫了。我知道，你們都不想要我寫。你們嫉妒我……

花鸚鵡：我嫉妒！

【吳道搖頭。沉默。吳道盯著可名的本看。】

可名：你很想知道我寫了什麼吧？

【吳道搖頭，匆忙合上可名的本子。】

可名：沒關係，我也想要別人聽聽我的想法。（從吳道手中拿過本子。）你的耳朵洗澡了嗎？

【吳道疑惑的盯著可名。】

花鸚鵡：哈哈哈哈……

可名：嗯，我開個玩笑，意思是你豎起耳朵聽好的。

【吳道從口袋裡掏出兩個兔子耳朵豎在腦袋上。】

花鸚鵡：妙啊，真妙啊！

可名：真有意思。好了，我親愛的室友們，你們準備好了嗎？監控室的朋友們，你們準備好了嗎？

【幕後發出含糊的聲音：「等一等」。聲音冰冷，毫無人類的情感。】

可名：（對吳道）他們還沒準備好呢。

花鸚鵡：（小聲）媽的，光會吃飯……

【白光刺眼的閃了好幾下。】

可名：好了嗎？

【幕後傳來含糊的生硬冰冷的聲音，「馬上馬上！」白光刺眼的照著舞臺，花鸚鵡進入表演狀態，他面帶微笑的望著攝影機。吳道驚恐的躲著白光，他像老鼠一樣尋找可以藏身之地，一會跑到雜草中，一會躲在桌子上。白光照得他無處可藏。幕後傳來哄堂笑聲，就像情景喜劇中虛假的笑聲一樣，就像電視臺合成的音效聲一樣。吳道呆呆的站在舞臺上。三個人都陷入呆滯中。幕後冰冷的聲音。「三、二、一，ACTION，開始！」可名呆滯的表演。花鸚鵡抬頭望著頭頂，他雙腳跳動著。紅色的籠子轉動起來，越轉越快。】

可名：在我們極其有限的生命中，如果設定前方的某個時間點，那麼不論這個時間點多麼遙遠，它終有到來的一天，不論是一年還是一萬年，不論是兒童換牙還是死刑犯被綁在木椿上，等待著被砍頭的時間點總會到來，不論我們恐懼或者狂喜或者無動於衷它總會到來，正如四季輪迴一樣，正如日出日落一樣，正如死亡一樣不可逃避，甚至在還遠遠沒到預設的那一天，我們已經像衰老的種馬那樣，突然摔倒在泥濘的泥坑裡，用盡全力費力掙扎，除了越陷越深之外絲毫不能爬起來。瞧，這就是我們的命運，這就是我們每天都要面對的現實，幸福如森林裡的綠尾野雞，總是很快從我們身邊飛走，更常見的是它總是毫不留情的被扼殺，或者是他人、或者是我們、或者是她

們自己的同伴，當作吞食的野餐。終有一天我們會在墓地重逢，不，我這樣說不對，很多人還沒到那裡就已經倒在半路，怎麼都爬不到那裡。嬰兒肥大的肚子，魚尾紋多麼可怕，時間之箭銳利的刺穿我們的身體，就如發情的母馬找不到伴侶，有些人終其一生都找不到幸福之道，除了可悲的摩擦拴著她們的木樁和高聲嘶鳴外，她們再也不知道該怎麼辦，醒時一秒鐘夢中一萬年，佛陀夢中一秒鐘人類一萬年，悲哉，我們只是佛陀夢中的可憐蟲，他嘟囔著翻了個身，我們很快就消失得無影無蹤，他離開後你再也感受不到身體的歡娛，沒有人知道是誰囚禁你在城堡裡，是自己還是他人？你站在高高的寶塔上，寶塔接近天穹，只要一步你就可以登天，就在此時寶塔轟然倒地，你被摔得粉身碎骨。沙特說「他人就是地獄，他忘記了自己也是地獄。」佛說「我不下地獄，誰下地獄？」你說「我不下地獄，還是要下地獄。」地獄就是我們的家，我們可愛的家，如果我們曾有那麼一個家的話，這麼快你離開家鄉，這麼快你把它遺忘，這麼快你倒在了異鄉，這麼快它張開大口把你吞噬，甚至你童年的雞巴和陰道還沒發育成熟……

【吳道聽著演講，他慢慢的倒地，雙手摀著耳朵，在地上翻滾。慢慢的，他的動作就像舞蹈一樣。他站起來跳一種他自己的舞蹈。幕後傳來冷漠的聲音：verygood！】

　　花鸚鵡：啊，呸——

【花鸚鵡抬頭望天一直蹦著。吳道慢慢靠近可名，抱著可名。】

　　可名：他只叫了一聲時間還不到一秒鐘，你在屋內聽到甚至沒有看到那隻烏鴉，多少人像那隻烏鴉，更可悲的是你甚至沒有聽到過他們的聲音，更不知道他們曾經存在過，你只是億萬條恆河中億萬顆沙粒中最小的那一顆，狂風吹來你消失得無影無蹤，有神存在嗎？我想，要相信一個男人平均在其一生中要射精一萬次，一次精液中包著著億萬隻精蟲，如果每一個精蟲都和

卵子結合成了孩子，那這個世界一定很壯觀（花鸚鵡放屁），有一隻臭蟲放了一個響屁，我想要知道它的意義，你信以為真多麼可笑。如果是真你就不會在噩夢中嚎叫，我們糾纏在欲望之網中央，詩意也好狂躁也罷，沒有了他的關心，黑蜘蛛舞蹈跳給誰看？我自娛自樂，在沙灘上建立城堡，有風吹過雪地不留鴻爪，這只是籠中之籠夢中之夢鏡中之鏡塔中之塔……

【吳道用手捂可名的嘴，可名竭力掙脫。花鸚鵡不時的尖叫，可名倒地，還在竭力演說。】

　　可名：身體與靈魂是一對雙生子，一方總與一方交戰，他們總是恨不得殺死對方，但真的殺死了對方，又恨不得宰了自己，我非我，我是我，我不是我，我是不是我非我是我，我是非我我不是非我，非我不是我，沒有神，沒有人，沒有動物，沒有理性，沒有世界，沒有無理性，沒有潛意識，沒有無意識，沒有集體無意識，沒有黑洞，沒有虛無，沒有沒有……

【吳道趴在可名身上，他抬頭望著觀眾，呼吸急促，表情狂躁。幕後傳來冰冷的鼓掌和叫好聲，就像機器合成一般。沉默】

　　花鸚鵡：啊，我要死了！

【沉默。燈滅】

第五場

【二樓的精神病醫生辦公室。攝影師和燈光師對著醫生拍攝。掌聲。男病人頭髮披散，耳朵上戴著大耳環，穿著綠裙子，呆滯的坐在醫生一旁。】

　　醫生：謝謝，謝謝！您剛才收看的是《猜猜誰是精神病人》的精彩片段。感謝各位觀眾朋友們，這個電視劇自從五年前開播以來，一直吸引了大批觀眾和廣告商，收視率也一路攀升到全國第一。我們有最好的編劇，最好的導

《道可道》戲劇劇本

演和演員，還有最好的燈光和舞臺美術設計師，相信以我們的實力一定會全世界最佳。而且，我要提醒觀眾朋友們，在可名和吳道的這一集中，下面更精彩，劇情一定會大大出乎您的意料，會有很多的反轉⋯⋯

男病人：（呆滯的）您就多透露一點吧。

醫生：哈，你看小乖都有點流口水了，但我實在不方便透露，因為和電視臺簽有保密協議。乖，小乖，你可不要難過啊。

男病人：（呆滯的）嗚嗚，為什麼啊，為什麼呀？

醫生：（摸男人的頭）好了，小乖別鬧別鬧啊，有懸念才會有期待⋯⋯

男病人：（呆滯的）不，不，我要聽下面的故事，我要聽我要聽嘛⋯⋯

【他扭動身軀。】

醫生：和你說了不行啊，小乖，你要聽話啊，不聽話爸爸可不喜歡啊！

男病人：不要嘛，我要，我就要聽嘛！

【男病人撲到醫生懷裡，對醫生又抓又撓。】

醫生：不好意思啊，實在很不好意思啊，我家小乖犯病了，六親不認，他犯病時都會這樣⋯⋯我說，你鬧夠了沒？可不要給你臉不要臉⋯⋯

男病人：不嘛，我要知道嘛⋯⋯

醫生：那你站穩了，聽好了。（男病人站起來，醫生甩他兩個耳光，男病人搖晃著倒地，不出聲的流淚，攝影機拍他臉部特寫，特寫出現在螢幕上）攝影師，攝影師——你做什麼啊？你要拍我拍我懂嗎？觀眾喜歡看的是我的表演，明白嗎？（攝影師拍醫生的臉部）媽的，分不清主次，和你們這些弱智工作讓我倒八輩子的楣⋯⋯（對攝影機露出甜美的笑臉）哈哈，剛才實在讓你們見笑了，是個小插曲，生命中的一個小插曲，希望你們觀看愉快。下面是廣告時間，讓我們插播一條廣告。

【男病人和幾個患者一起跳「精神病醫院好」的舞蹈。】

醫生：（深情的聲音）中央第一精神病醫院，全國最佳世界十佳醫院，聯合國祕書難安曾經訪問我們醫院，並給我們送來錦旗：治病害人，妙手回冬！我院設備齊全，大夫都是來自全世界的最著名瘋子專家，在他們的幫助下，我們已經治癒了十三萬萬名精神病患者。

眾患者：（唱）精神病醫院好精神病醫院好！

醫生：（唱）精神病醫院好，

精神病醫院患者地位高，

正常人被打倒，

醫生患者光著屁股跑，

醫生追患者跑，

追到以後按在地上搞一搞，

搞得患者哇哇叫，

掀起了精神醫院性高潮！性高潮！

【燈滅。】

第六場

【景和上四幕類似。房間裡一叢藍色的花。整個房間有一種回憶的朦朧氛圍。窗戶旁的攝影機還發出紅光。可名和吳道站在舞臺前。籠子變成藍色。】

可名：我們聊會天吧。

【吳道點點頭，兩人坐下。沉默。】

可名：你沒說話。

【吳道微笑。】

可名：這可不行。

花鸚鵡：老妖頭，別耍花招了！

可名：哎，真無趣。你一句話都不說，真夠絕的，我就像和銅牆鐵壁在說話。這就是我要來的室友，要早知道這樣，我幹麼要求那個鐵面醫生呢？……我們總要做點什麼，就像他們說的，殺死時間。（鐘敲兩下）對，殺死時間，也殺死我們自己……我們真該做點什麼，可除了聊天，我們還能做什麼？我不是指責你，但聊天需要相互回應，這樣才有交流，明白吧？我知道你不是啞巴，可是你為什麼總不說話？三天了，都是我一個人在嘮叨，要是有人在門口偷聽，還以為我像瘋子那樣自言自語呢……

花鸚鵡：誰？誰在偷聽？（沉默）

可名：你叫吳道？（吳道點頭）你五十五了？（吳道用指頭比劃）五十四了？（吳道搖頭，繼續用指頭比劃）噢，五十六了。瞧你，只需要一句話就能說清楚，你偏偏捨近求遠。你可真夠怪的。

花鸚鵡：怪胎，可怕的怪胎！（吳道在看手裡的照片）

吳道：你在看什麼？（吳道把照片藏在身後）我能看看嗎？（吳道把照片收起來）嗯？

花鸚鵡：小氣鬼小氣鬼！

【可名背過身子，吳道掏出照片遞給可名。】

可名：一個年輕男人的照片。他真帥，年輕又無無憂無慮，風兒吹動他的頭髮，臉上掛著一絲輕浮的微笑，半是嘲弄半是賣弄……我想起了自己……（吹口哨）他是你的什麼人？他是你情人？（吳道搖頭）兒子？（吳道點頭。）我羨慕他……（可名撕了照片的一角。）

吳道：啊——

【他輕叫一聲，可名沒聽到。】

花鸚鵡：啊——

可名：我似乎聽到有人喊了一聲，是你嗎？（吳道搖頭）不過我也許又幻聽了。昨晚我一直失眠……只要你說一句『不要』，我就不撕！

【吳道張了張嘴，沒說話。可名又撕一下照片。吳道低下頭。】

花鸚鵡：妙啊，老妖頭！

可名：說話啊，隨便你說句什麼，我就不撕！

花鸚鵡：說啊說啊！

【可名又撕了好幾下照片。可名坐下，心滿意足的看著吳道。】

可名：你是傳教士，對嗎？來，給我傳傳道吧，我病了，你看，我腦袋每天都疼，我整天整天睡不著覺。總有一隻鳥在我耳邊叫個不停……

花鸚鵡：是我，是我在叫！（沉默）

可名：他又在叫了，他總是叫個不停，鬧得我睡不著，整晚整晚都不睡覺……

花鸚鵡：噢耶——

可明：……黎明前他叫得最凶……我一定病得不輕……真可怕，我為什麼沒有死去？……我的心蹦蹦跳得太快，怎麼都沒辦法停下來……來，給我說點什麼吧，給我開點藥方吧。你知道，我的心爛了，裡面流著膿血，給我點幫助吧。（沉默）你是傳教士，一定能講出點什麼……我最敬佩傳道士，他們總能講出點什麼。尤其在人類毀滅前，他們總是人群中那杆最後才倒下的大旗……也許你能給我來點開胃藥，或者安慰劑什麼的，要不就給我點老鼠藥……你總是搖頭。除了搖頭，你還會什麼？對，還有沉默。

花鸚鵡：我在沉默。我在用語言沉默。（沉默）

可名：我知道，你只會這樣，還能對你有什麼期待呢？（伸了個懶腰，吳道站在他背後給可名按摩。）對了，你還會按摩。你按摩的技巧真高超，讓人渾身酥軟，讓人想要閉上雙眼，再也不去想身在何處，要是耳邊沒有那

107

《道可道》戲劇劇本

個該死的聲音就好了……

【可名躺倒在地上。吳道在他面前緩緩打著太極拳。】

　　花鸚鵡：（怪叫）我是誰？我在哪裡？我被關在籠子裡，一片黑暗……

　　可名：噢，要是能夠閉眼睡去該多好。再也不要醒來，可總有一隻怪鳥在高喊。

　　花鸚鵡：「他殺死了睡眠，他殺死了睡眠！」

　　可名：睡眠一定異常甜美，就像死亡。她們是一對親姊妹。她們躲在黑暗的角落裡笑著吃著老鼠晚宴，她們把我忘記了……

　　花鸚鵡：可憐的人，你被她們遺棄了！

　　可名：對，就是這樣。從小到大，沒有人注意過我。（沉默。吳道把自己的元氣輸入可名身上）奇怪，我覺得餓了，我以前從不覺得餓。（吳道從口袋裡掏出包子遞給可名。）謝謝。真好吃，熟悉的味道，就像父親做的。

　　花鸚鵡：父親，哈哈哈哈……

　　可名：我沒告訴過你我的父親吧？（吳道搖頭）也許我們可以談談他，這是殺死時間的好辦法。（打了個哈欠）我很睏，卻怎麼都睡不著，這太要命了……（站起來，像夢遊一般走動。花鸚鵡走出籠子。）

　　花鸚鵡：（唱）「睡吧，睡吧，小寶貝，黑蜘蛛吸吮著睡眠……」

　　可名：我說到哪裡了……對，我的父親。我親愛的父親，他是個公務員，一個小小的官，在我們當地甚至還是個人物。他四十九歲的時候死於心臟病，風溼性心臟病。他感冒了一週，沒有治好。他四十七歲的時候，在北京一家最好的醫院做了人工心臟瓣膜置換手術。

　　花鸚鵡：（模仿心臟跳動的聲音）蹦，蹦，蹦……

　　可名：國外最好的那種心臟瓣膜，一個兩萬塊，他換了兩個，再加上手術費住院費等等，一共花了十萬塊，家裡錢都花光了……我和媽媽陪著他，

那一年，我十八歲，第一次來到北京……出院時，醫生反覆強調……

花鸚鵡：不要感冒，絕不要感冒！蹦蹦蹦……

可名：對，不能感冒，為什麼要有感冒呢？……

花鸚鵡：我知道為什麼有感冒。（他們盯著他）世界上的感冒患者有個總量，外國的感冒少了，中國的感冒就多了……（沉默）

可名：真可惡……感冒時間一長，他換的那種脆弱的心臟瓣膜就會脫落，阻塞血管……

花鸚鵡：蹦，蹦蹦，蹦蹦蹦蹦，嗆嗆嗆……

可名：他可憐的心臟就喪失了功能……他是個可憐的人。有時候我很想他，你知道嗎？你總覺得你欠了他很多很多，多得這輩子你都無法償還。這真讓人……

花鸚鵡：讓人什麼？……

可名：……我們都很高興，因為爸爸的心臟手術很成功，爸爸看起來就像個正常人。一個月後，爸爸回到家鄉休養，每天都在家看電視劇，散步，和我媽媽吵架拌嘴……

花鸚鵡：「你就不能多炒點肉？你就不能多放點油？」

可名：媽媽那時候正是更年期，他們幾乎每天都吵幾次架。爸爸說，他現在才開始了和媽媽談戀愛，他以前多不喜歡她啊，她長得不好看，又沒讀過書，而爸爸卻是高中畢業，還做了鄉長……我在二百里地的都市上學。你知道嗎？你以為永遠都會是這樣。永遠都是這樣的日子，爸爸、媽媽還有我。我二十歲，卻是他們還沒長大的孩子，永遠都是……

花鸚鵡：「我要做個指揮家，我要在全世界最知名的樂團做指揮！」「不，你做不了指揮，你從沒學過音樂，你學不了指揮，你到現在還不認識五線譜……」

可名：有一天早晨，爸爸給我宿舍打去電話。他說。

花鸚鵡:「可名，生日快樂！」

　　可名:從小到大，爸爸從沒給我買過生日禮物，每次過生日時都是媽媽給我做好吃的飯菜，還要煮上兩個雞蛋，吃碗長壽麵，爸爸從沒給我買過生日禮物……爸爸那天早上說……

　　吳道:可名，生日快樂！

【可名望著吳道。】

　　可名:你說什麼了嗎？（吳道搖頭。沉默）爸爸說，『可名，生日快樂，二十歲生日快樂！』我過了十九個生日，這是他唯一對我說過的祝福話……像大多數中國父子一樣，爸爸和我都不善於表達感情……

　　花鸚鵡:你在哭，噢，你在哭……

　　可名:……爸爸的生日是正月初八。每年的這一天，我們家都會吃麵條，爸爸的長壽麵。即使在爸爸死後的每一年，我們都會在這一天吃麵條……

　　花鸚鵡:死了還吃長壽麵，真他媽夠諷刺的……

　　可名:我二十歲就大學畢業，還考上了北京一所知名大學的研究生。全班三十三個學生，我是唯一考上研究生的學生，還是資優研究生。

　　花鸚鵡:神童啊，真他媽順啊！

　　可名:在周圍人眼裡，我上學出奇的順，五歲上小學，二十歲大學畢業，從沒讓爸媽操過心，他們不知道我背負著沉重的負擔，我從來沒袒露過自己的心意……

　　花鸚鵡:薛西弗斯每早推石上山，快到山頂石頭就要滾落回去……

　　可名:神童，真夠諷刺的……我寧願什麼都不是，只要爸爸還活著……

　　花鸚鵡:你剋死了你爸爸！

　　可名:有時候我在想，是不是因為我父親才那麼短命，就像他們說的那樣，父親犧牲掉自己的壽命，為了……

花鸚鵡：為了換取你的遠大前程，光宗耀祖！

可名：前程，光宗耀祖，天啊，真夠丟人的，我現在有什麼？沒有工作，沒有錢，被關在籠子裡，他們付出了那麼多……

花鸚鵡：他們花了那麼多的時間精力金錢汗水和心血造了一個鐘，可是就在他就要敲響的剎那鐘掉在地上，摔成碎片……

可名：碎了，什麼都碎了……要是爸爸知道了，會不知道有多傷心……（吳道給可名擦眼淚）瞧我，還在胡言亂語。你一定聽煩了。（吳道搖頭）不管你煩不煩，我都要講出來。就像他們說的，我要把心頭沉重的石頭搬開。我太累了，有時候都沒辦法呼吸……我第三次去北京，很順利的通過了研究生面試。我成了幸運兒，也成了最驕傲的人！

花鸚鵡：小心，不要驕傲得教天神嫉妒！

可名：我確實有驕傲的資本……我二十歲了，可是什麼都不懂，我經歷過愛情和絕望，卻沒有經歷過死亡，我從不知道死亡會在心上捅那麼多窟窿，還要把心切成碎片一口吞掉……從小到大，我看過很多人的葬禮，身邊卻沒有一個親人去世。我知道有死亡，卻從不知道死亡也會發生在我們家周圍。

【鐘錶鳴叫，敲了四下。】

花鸚鵡：沒有誰能逃避！沒有，沒有！

【鐘錶的滴答聲。】

可名：那是夏天，我十八歲。父親在手術室裡停了五個多小時，我和媽媽坐在手術室門口等啊等啊，時間過得可真慢啊，就是螞蟻搬家都比他要快啊……天邊的晚霞燒紅了天，幾隻烏鴉在窗外盤旋……（鐘錶滴答的走動聲）我們在地上鋪了報紙和衣服，就坐在手術室門口等著……不知道過了多久，我和媽媽一句話都不敢說，我們在害怕一種叫不出來的東西……

《道可道》戲劇劇本

花鸚鵡：死亡……

可名：那一次，死亡離我們最近……我和媽媽的心被帶子綁著，吊在半空中。那時候我十八歲，什麼還不懂……

花鸚鵡：那時候你為什麼不知道死亡和爸爸擦身而過？（心臟跳動的聲音）蹦嗆蹦嗆……蹦蹦蹦……

可名：那時候我為什麼不知道死亡和爸爸擦身而過？……爸爸從手術室裡推出來，我和媽媽跟在身後，我們什麼都沒說，一直緊繃著的心放了下來。爸爸躺在加護病房裡，身上插滿了管子，嘴上戴著呼吸器……

花鸚鵡：蹦蹦蹦蹦……

可名：爸爸的心臟跳得那麼好，簡直和年輕人的一樣！隔著窗戶玻璃，護士讓我們看了看病床上的爸爸，他閉著眼睛，心臟卻跳得那麼強勁有力……

花鸚鵡：蹦蹦蹦蹦……

可名：我們沒有哭，一直揪著的心卻放了下來……真的，就好像剛從廢墟中爬出來……手術恢復期，父親胃口很好。每天晚上六點吃晚餐，夜裡十二點他還要加吃一頓。他恢復得很快……

花鸚鵡：「我要活下去，可名還需要我照顧……」

可名：爸爸生命力很頑強，他的傷口癒合得那麼快，就連醫生都感到詫異……三週後，父親康復出院……那一年，父親四十七歲……他一定是不放心我！

花鸚鵡：「我的任務還沒有完……」

可名：爺爺奶奶姑姑三叔姐姐姐夫都去火車站接父親……大家高興極了，都沒想到手術那麼成功，父親排行老大，一直是我們這個大家族的支柱……兩個月了家裡只有外婆一個人看門，天氣變涼了，我們坐在雜亂冰冷的家，

卻覺得安心……

　　花鸚鵡：說這些有什麼用……

　　可名：你一定不想聽這些……（吳道搖頭）十年了，我都沒怎麼想過這些事，今晚我一定要把他們都說出來……兩年後，我考上了研究所。我太高興了。我回到家和爸爸媽媽分享喜悅。爸爸和媽媽都很高興。從小我上學他們都沒操過心。我在家停了七天，每天晚上我們都聊家常，聊爺爺奶奶，聊出嫁的姐姐，聊周圍的親戚，聊我們過去的日子，聊未來的打算。那時候家裡已經沒有錢了，那次大手術花光了家裡所有的錢……爸爸說：要是我考上了研究所，他就去找縣議員籌款，他要寫信給縣長……

【吳道嘴巴動著，不出聲的惦記。在下面的一段，他都不出聲的念叨著可名父親的臺詞，他甚至不自覺的扮演起了可名的父親。在下面一段，花鸚鵡說著父親的臺詞，吳道則做著可名父親的動作，吳道和花鸚鵡說起了雙簧。可名也不自覺的把吳道當作了父親。舞臺上有一種夢幻的氛圍。】

　　花鸚鵡（吳道）：「我要給縣長寫信，給電視臺寫信，發動全縣人給你捐款……」

　　可名：爸，不要了！

　　花鸚鵡（吳道）：「哈，為什麼不要？」

　　可名：多丟人啊，爸！

　　花鸚鵡（吳道）：為你做任何事爸都不丟人！

　　可名：爸，我以後出國讀博士行不行？

　　花鸚鵡（吳道）：哈，你看兒子多有出息！

　　可名：爸，行不行啊？

　　花鸚鵡（吳道）：「哈哈，爸支持你 —— 」

　　可名：你都支持我什麼啊？

花鸚鵡（吳道）：不管你做什麼，爸都支持你！

可名：「不管你做什麼，爸都支持你！你有出息了，爸就高興！」

花鸚鵡（吳道）：「我會有出息嗎，爸？」

可名：「你會有出息的，可名！你會成為我們家族的驕傲，你會做出偉大成就的！」

花鸚鵡（吳道）：「真的嗎？」

可名：「一定會是這樣！可名，你從沒讓我們失望過！」

花鸚鵡（吳道）：「從來沒有……」

可名：不，爸，爸，你一定沒看到我現在的狀況……

花鸚鵡（吳道）：「你一定會有出息！……」

可名：不是的，爸，不是的！

花鸚鵡（吳道）：「你一定會做出偉大的事情，我知道我的兒子就是這樣，就是這樣！」

可名：爸，要是你現在看見我，怎麼都不會認出我……爸，我們分別太久，見了面我只會讓你失望、痛心、悲傷……

花鸚鵡（吳道）：「我兒子一定會很棒……」

可名：爸，像你預期的那樣，我讀了博士，還按照自己的安排，寫起了小說和劇本。可是沒用，爸爸，沒有用啊……

花鸚鵡（吳道）：為什麼啊？……

可名：沒有，爸，我什麼都沒有，你知道嗎？爸，我什麼都沒有。身上一分錢都沒有，還沒有工作，借住在朋友家，寫出來的小說沒辦法發表，寫出來的劇本沒機會排演……

花鸚鵡（吳道）：寫作……

可名：爸，我一個人躲在暗室裡寫呀寫啊，總是不停的寫啊寫啊……

花鸚鵡（吳道）：暗室……太奇怪了……

可名：只有在寫作中我才覺得自己活著……

花鸚鵡（吳道）：活著……

可名：可是爸，很多時候我什麼都寫不出來，我躲在暗室裡不敢出去，我很羞愧，媽和家鄉的親友都以為我在這裡過得很好，有個穩定的工作生活，每個月拿七千塊錢的薪資……

花鸚鵡（吳道）：七千塊……

可名：假的，全是假的，我騙他們的……哈，我是博士畢業啊，總不能說自己混得一塊分錢都沒有，那樣太不堪了……爸，我就是那樣不堪，爸，你怎麼都不會想到，在你死後，有太多的事情發生……

花鸚鵡（吳道）：七千塊……

可名：爸，我在北京很慘很慘，比你想像得要慘得多，沒有錢沒有關係沒有工作沒有社會地位，要不是有一個朋友接濟，我一定會餓死的……

花鸚鵡（吳道）：我薪資才一千塊，兒子是我薪資的七倍……

可名：爸，我太孤獨了，沒有一個貼心的朋友，沒有患難與共的愛人……爸，我太難了……

花鸚鵡（吳道）：為什麼啊？……

可名：我什麼都沒有……爸，我很失敗，你知道嗎，我是個失敗者啊……

花鸚鵡（吳道）：可名，可名……

【吳道拍可名的背，想要安慰他，可名觸電般躲開。】

可名：我是徹頭徹尾的失敗啊……

花鸚鵡（吳道）：可名……

可名：在北京這個大都市，我什麼都不是，什麼都沒有，只有十幾篇發表不了的小說……

《道可道》戲劇劇本

　　花鸚鵡（吳道）：我和你媽都不怪你……

　　可名：爸，你不知道……媽一個人在老家，整日牽掛我，她很孤獨，很孤獨啊，她想要我結婚，想抱孫子，想和我一起生活，我辜負了她，辜負了你啊，爸，我對不起你們啊……（跪下）

　　花鸚鵡（吳道）：可名……

【吳道拉可名站起來，可名仍舊跪在那裡。】

　　可名：爸……

　　花鸚鵡（吳道）：你是個孩子……

　　可名：爸，我三十歲了，還是一事無成……

　　花鸚鵡（吳道）：我的孩子啊……

　　可名：就像他們說的，我沒辦法在這個社會上立足，我有很多缺點，不喜歡和人打交道，不會討好主管，不會和雜誌社的編輯做好關係，不會賺錢，只想做自己喜歡的事情……

　　花鸚鵡（吳道）：可名，會好起來的……

　　可名：我有著偉大夢想，想要在自己的作品中創作一個新世界，一個更美更有詩意更幸福的新世界……

　　花鸚鵡（吳道）：新世界……

　　可名：可是爸啊，我陷在泥淖裡，我用盡全力，卻怎麼都拔不出來。我不知道怎麼辦，爸，爸，我不明白我為什麼要在這個都市？我不想見以前的同學……

　　花鸚鵡（吳道）：你一直很驕傲……

　　可名：爸，我驕傲得不屑在他們面前展示自己的失敗。爸，像你一樣，我太看重面子了……以前他們總是羨慕我，現在我不想在他們面前低頭……

　　花鸚鵡（吳道）：你有求助困難症！

可名：困難症？

花鸚鵡（吳道）：是的。從頭再來……

可名：不，爸，我不願意！爸，你一直驕傲的孩子讓你失望了……

【鐘刺耳的打鳴。】

花鸚鵡：（心臟跳動的聲音）蹦蹦嗆嗆……蹦嗆蹦嗆……哦，這樣啊……

【吳道要走，可名抱住他的腿。】

可名：爸……

花鸚鵡（吳道）：不，你不是可名，可名不是你這樣……

可名：爸，我失敗了，再也沒有力氣去戰鬥……

花鸚鵡（吳道）：不……

【吳道努力掙脫，可名緊緊拉著他。吳道用力。吳道摔倒在地上。】

可名：爸——爸——

【可名抱著吳道的頭，吳道醒來，他推開了可名。吳道站起來，疑惑的看了看可名。】

花鸚鵡：啊，摔壞了摔壞了！

【吳道看了一眼花鸚鵡，又看了一眼觀眾席，他彷彿剛從夢中醒來。吳道慢慢離開可名。扮演結束。】

可名：爸，爸——

花鸚鵡：不是……

可名：我只是個普通人，毫無才氣，卻夢想創造自己的世界，真是痴人說夢……

花鸚鵡：你忘了，只有少數的優秀人物才能寫小說，才能寫劇本。

可名：我一定沒才華，不然寫出的小說怎麼都發表不了……我一定比豬

《道可道》戲劇劇本

還平庸，卻夢想著改造世界，天啊，我的心卻被狂熱的想像沖昏了頭腦。你說的對，我做不了這一行⋯⋯

　　花鸚鵡：說這些有什麼用，有什麼用！

【吳道打了個哈欠。】

　　可名：是啊。還是繼續談我父親。我知道你早就厭倦了，（吳道搖頭）別騙我，我看到你打哈欠了。

　　花鸚鵡：他都睏得睜不開眼了。

　　可名：可不管怎樣，我都要繼續說下去。事情開了頭，不管怎樣，都要把它完結！

　　花鸚鵡：「可名，要有恆心！有志者事竟成！」

　　可名：從小到大，我和爸爸都沒合照過。家裡有臺照相機，索尼全自動的，每次都是爸爸幫我照，或者我幫爸爸照，但從沒有人幫我們照。那一次，就是我考上研究所回家那七天裡，我和爸爸一起合照，媽媽幫我們拍的。我們此生唯一的一次合照。那一週，我和爸爸都過得很幸福，幸福得每天都在笑⋯⋯你知道很多事情就像安排好了，早就安排好了⋯⋯

　　花鸚鵡：上天憤怒了⋯⋯

　　可名：上天一定被我們的幸福激怒了⋯⋯以前爸爸充滿幹勁，一定要完成任務，一定要看到我有出息，現在看到了，失去了目標，他的幹勁一下子泄掉了⋯⋯

　　花鸚鵡：他太幸福了⋯⋯

　　可名：我剛去學校，爸爸就感冒了⋯⋯一週後，三叔給我打電話，要我馬上趕回家⋯⋯我坐在長途車，一路上想著父親的種種不測⋯⋯要是父親一直昏迷不醒，我就不去上學，留在身邊照顧他⋯⋯

　　花鸚鵡：或者在學校附近租個房子，照顧爸爸⋯⋯

可名：我想了各種可能性，就是沒想到爸爸馬上會死去……不，我沒有死的意識。我不知道死神就站在父親身旁，他把長長的鐮刀放在父親脖子上，只要他一用力……

花鸚鵡：不，不……

【吳道躺在地上，扮演起父親。】

花鸚鵡：蹦嗆……蹦嗆……蹦蹦嗆……

可名：我趕到醫院，媽媽、姐姐和姐夫圍著爸爸，他已經昏迷。我看到床上的父親，忍不住抽泣，姐姐和媽媽也陪著掉淚。我用醫療紗布擦父親的身體，醫生交代的……

花鸚鵡：不，爸爸不會死的，不會的！蹦蹦嗆……

可名：我想起家裡還有父親的病歷表，上面有北京那家醫院的電話，我要打電話給他們，只要他們接到電話，他們就有辦法救醒父親，一定會的……

花鸚鵡：爸爸不會死的，不會死的！蹦蹦嗆……

可名：媽媽和姐姐不讓我回家，可是我一定要回家，我要打電話，只要醫生接到電話，就有辦法救醒我爸爸……我不顧一切的衝出醫院，我剛跑到家，三叔就打電話，要我再去醫院……他們說爸爸死了，我剛離開醫院十分鐘，爸爸就不行了……我該死，我真的該死，我要是一直待在爸爸身邊，爸爸也許就不會死了……爸爸在死前一定喊過我的名字，大聲的喊過我的名字……

花鸚鵡：可名——

吳道：（聲嘶力竭的喊）可名——

【沉默。可名盯著吳道，吳道臉上毫無表情】

可名：剛才你喊我了嗎？

【吳道搖頭，可名盯著花鸚鵡。】

可名：你聽到了嗎？你聽到他喊我了嗎？

花鸚鵡：*沒有，沒有！*

可名：真的嗎？

花鸚鵡：*真的。你在幻聽！*

可名：我在幻聽？

花鸚鵡：*對。精神病人都有這種症狀。沒事沒事，繼續講你的故事吧。很精彩，我很喜歡！*

可名：真的？

花鸚鵡：*真的！*

可名：好吧……我講到那裡了？

花鸚鵡：*你爸爸死在醫院裡……*

可名：對，我剛走沒一會，父親就死在醫院……我不相信，發瘋了一樣跑到醫院，跑到爸爸的病床前，房間裡沒有人，媽媽和姐姐去找親戚來拉爸爸的屍體，要是不拉走，就要放在醫院的太平間……風咣當咣當的刮著玻璃，風順著窗簾刮進來。我第一次和爸爸待在這樣的環境裡，心裡又是恐怖又是悲痛，但我相信爸爸沒死，爸爸怎麼會死呢？……我摸著爸爸的心臟……

花鸚鵡：*蹦，蹦，蹦……*

可名：爸爸怎麼會死呢？我摸到了他心臟在跳動，真的在跳動啊，爸爸沒死，爸爸怎麼會死啊……我喊來值班醫生……

花鸚鵡：*該死的瘸子，進修過的赤腳醫生！*

可名：他把聽診器放在父親胸口聽了一下，甚至沒搖頭就走了……我扶著爸爸逐漸變涼的身體，坐在汽車後座上，按照他們的說法，我叫著父親的魂魄回家……

花鸚鵡：*「爸，我們回家，我們回家，爸……」*

可名：爸爸躺在棺材裡，鄰居老楊母要我咬著牙打起精神，我守了三天靈。奶奶的哭聲撕心裂肺啊，她最疼愛的大兒子走了，白髮人要送黑髮人⋯⋯

花鸚鵡：「泉啊，我的泉兒啊⋯⋯」

可名：奶奶要站起來看棺材裡的爸爸，我和姐姐怕她看到父親後會昏倒，我們勸了一遍又一遍，奶奶總不相信⋯⋯看著棺材裡的父親，我也不相信。耳朵裡我總會聽到裡屋門打開的聲音，每次爸爸午睡醒來打開門都有那樣的聲音⋯⋯

花鸚鵡：咣當咣當⋯⋯

可名：鑰匙掛在門上，會隨著門的打開而輕輕咣當著⋯⋯（鑰匙咣當著門的聲音）對，就是這種聲音⋯⋯我耳朵裡總響著這樣的聲音。只要爸爸打開門，他就沒有死。有一個聲音總會提醒我⋯⋯

花鸚鵡：爸爸會出來，躺在棺材裡的那個人不是父親，絕不是！

可名：他沒死，沒死！這只是一場夢，一場夢⋯⋯

花鸚鵡：這只是一場遊戲一個演出，謝幕的時候到了⋯⋯

可名：在大學，有兩個晚上，我夢見鄰居說我爸爸死了。我在夢中嚎啕大哭，把宿舍人都嚇醒了⋯⋯

花鸚鵡：也許那時候你就知道了⋯⋯

可名：要是只是一場夢該多好。或者只是一場演出，那該有多好。只要鑼鼓敲響幕布拉開，每次我都能見到日夜思念的父親⋯⋯

花鸚鵡：你們在一起，永遠不分離⋯⋯

可名：要是只是場夢該多好⋯⋯

花鸚鵡：是真的，不是夢⋯⋯

可名：爸，爸——

《道可道》戲劇劇本

【可名搖晃著地上的吳道。雨聲】

可名：……下葬那天，雨下得很大，我坐在車上，懷裡抱著父親的遺像，手裡捧著父親的骨灰罈，心想這是我最後一次陪父親了……我披麻帶孝，地上很泥濘，村民站在兩旁看著我們……

花鸚鵡：這只是一個夢，一場演出……

可名：好幾次我都差點摔倒……骨灰罈放在空空的棺材裡，爸爸在裡面一定很憋屈……我朝棺材上撒了第一把土……「永別了，爸，爸——！」

花鸚鵡：「永別了，孩子！」

可名：我嚎啕大哭，這只是一個夢，就像我做過的那兩個夢，只要我醒來，爸就還會在我身邊……

花鸚鵡：神經衰弱……

可名：那年暑假我頭一直疼著，什麼都做不了，整日神思恍惚，媽媽給我抓了很多副中藥，苦得發膩……

花鸚鵡：「閉著眼睛喝吧，喝下就好了……」

可名：有時候會在自己房間裡翻開父親和我的合影。我是父親最疼愛的兒子，父親甚至過度的溺愛我，雖然小時候他不怎麼管我，但後來他卻為我付出了所有。我什麼都沒給他做他就走了……

花鸚鵡：子欲養而親不在……

【可名哭。吳道拍可名的肩膀，可名在吳道懷裡哭。吳道拍可名的頭。他們的臉貼在一起，他們臉上的輪廓很像。紅光閃個不停，白燈刺眼的照著他們。幕後傳來冰冷的聲音，「等一下，再來一張。好，回過頭來，再來個側面。」白燈繼續閃。冰冷的聲音，「好了，收工，演出結束。」可名很快的掙脫吳道的懷抱。】

花鸚鵡：好了，該止住了！

【可名轉過身。打了個哈欠。】

　　可名：我說得太多了，我睏了。

　　花鸚鵡：我也睏了……

　　吳道：晚安，我親愛的孩子。（沉默）

　　可名：（疑惑的盯著吳道）你說什麼了嗎？

【吳道搖頭。他們躺在床上，用鎖鍊鎖上自己。雨聲。】

　　可名：晚安！

【燈滅。】

第七場

【樓頂醫生的辦公室。醫生和男病人在下棋。可名走到門口。】

　　醫生：這回你逃不了了。

　　男病人：讓我想想。

【可名想離去，腳卻踢到易開罐上。】

　　醫生：誰？

　　可名：報告，是我！

　　醫生：進來。（對男病人）再給你幾分鐘時間。最近怎麼樣？

　　可名：還好。謝謝您的關心。

　　醫生：（笑）謝謝您的關心……您的室友怎麼樣？

　　可名：還不錯。謝謝您的關心。

　　醫生：（笑）還不錯……

　　男病人：（模仿可名）謝謝您的關心……

　　醫生：你對他很信任，對吧？

《道可道》戲劇劇本

可名：我對他很信任，謝謝您的關心。

醫生：（不可遏制的大笑）我對他很信任……

男病人：謝謝您的關心……

【他們笑了很長時間。沉默。男病人繼續呆滯看著棋盤沉思。醫生遞給可名一封信。】

醫生：讀一讀。

可名：「我最親愛的醫生……」

男病人：哈，我最親愛的醫生……

【男病人大笑。醫生打他的頭。男病人繼續笑，醫生又打一下。男病人盯著棋盤。】

可名：（讀信）我最親愛的醫生，對於你給我提供的這個機會，我深深的表示感謝，再也沒有比我更幸福的人了。對於像我這樣罪孽深重的人，除了被投在地獄之火中受到鍛鍊之外，我沒有再好的命運。您如此仁慈，對我過去的錯誤不但既往不咎，反而給我重新做人的機會！啊，我對您的感激如滔滔之江水，嫋嫋之青煙……

男病人：（笑）我對您的感激如滔滔之江水……（醫生打他的頭，他繼續笑）嫋嫋之青煙……

【醫生又打了下他的頭，男病人呆滯的盯著棋盤。】

可名：（繼續讀信）按照您的要求，我仔細的觀察著室友可名的一舉一動，甚至就連他說話時打的一個飽嗝睡覺的時候放的一個響屁都不放過。在這裡我詳細的記載了他的一言一行。讓我高興的是，現在他對我非常信賴，我相信，我和他之間已經建立起了親密的情感，一種類似於父與子的那種深厚感情……

男病人：（大笑）父與子……

【醫生打男病人的頭，男病人繼續笑，醫生繼續打。男病人哭起來。】

男病人：（哭）父與子的深厚感情……

【男病人突然止住哭，彷彿根本沒發生什麼事似的。沉默】

可名：我相信，他有著可怕的戀父情結，他一直對他去世的父親懷有深深的愧疚，他甚至希望替他父親死去……（信掉在地上。沉默）

醫生：繼續，請繼續！

可名：（沒有撿起地上的信）有一天夜裡，我們聊天聊到了凌晨五點鐘，他撲在我懷裡哭得稀哩嘩啦。外面下著大雨，天啊，正和他的心情一致。我明白這些雨是你們安排的人工降雨，但我仍忍不住被你們精心設計的場景和劇情所打動，就更不用提那個可憐失敗者可名了。說實話，我對他充滿同情，甚至還有，還有一種父親的愛意……

男病人：（哭）父親的愛意……

【醫生做了個手勢，男病人止住哭，繼續盯著棋盤。沉默】

可名：（撿起地上的信，沒有讀）他就像我的兒子，我十年後的兒子，我能感覺到他的傷痛……醫生，我知道我不該說這些，我不該對患者抱有任何的情感，但我仍忍不住想要安慰他，像父親那樣安慰他。即使我的安慰起不了任何作用，我也希望他能盡快康復起來。畢竟，他有著偉大的夢想，他想要創造一個偉大的世界……

男病人：（哭）偉大的夢想……

【醫生做了個手勢，男病人止住哭，繼續盯著棋盤。沉默】

可名：（看信）醫生，我知道作為病人不應該有情感 —— 正是情感豐富才讓我們患上病被關到這裡，如果世界上每個病人都沒有情感，則他們很快

《道可道》戲劇劇本

就能康復出院，世界上也不再會有任何精神病患者 —— 這些道理我都很清楚。事實上，我完全可以對您隱瞞所有內心的真實想法，但這樣做就是對您的欺騙，我絕對不能這樣做，我的良心不允許我這樣做！良心……

男病人：（邊哭邊笑）良心……

【醫生做了個手勢，男病人一下子停住。男病人繼續盯著棋盤。沉默】

可名：（撕信）我知道你一定會笑我，正是良心讓我待在這裡，我應該按照您的吩咐，猛的把良心連根拔掉，這樣我就能康復了。放心吧，我會按照您的想法去做的。我會按照您的吩咐，繼續監視可名。相信我，過不了多久，您就能看到更多更全面的內容。（把信紙塞進嘴裡）必須要承認，他是個很好的實驗對象，在他身上能觀察到更多的人性欲望、藝術家的破碎夢想……

男病人：（邊笑邊哭）藝術家的破碎夢想……

【醫生做了個手勢，男病人一下子停住。男病人繼續盯著棋盤。沉默】

可名：……還有現代社會的心靈創傷……（吃信紙）

男病人：（怪笑）心靈創傷……

【醫生打男病人的頭，男病人繼續怪笑。醫生打男病人的頭，男病人笑出了眼淚。男病人推開面前的棋盤。可名轉身離開。】

醫生：你完全不必相信。（可名停住）你沒辦法證明這封信就是他寫來的。也許是我隨便找人胡亂寫的，（指著男病人）也許是他寫的，甚至也許就是我自己寫的，或者是我花錢雇的一個編劇寫的，誰知道呢，反正我們很有錢，《猜猜誰是精神病人》的收視率奇高。對了，這就是你們主演的電視劇的名字，《猜猜誰是精神病人》……而且，即使信真的是你室友寫的，你怎麼知道這就是他的真心話？他這樣寫也許是覺得好玩，也許只是為了討好我，為了應付我交給他的差事而已。（可名回頭望著他）對不起對不起，我

並沒說我交給了他差事，我只是打了個比方。事實上，這一切也許只是我編造的，這沒什麼不可能！（可名轉過身）如果你要信以為真，那可真就太傻了；但如果你信以為假，那同樣就太傻了！哈，這只是一場貓和老鼠的遊戲，不幸的是你做了被貓玩弄於股掌的老鼠，這個世界就是這樣，強者就是公理，不幸的是，是我而不是你在制訂遊戲規則！（衝著可名的背影）一切皆有可能，你能相信誰，你能相信什麼？……

【燈暗。】

第八場

【景同第六場，籠子變成黃色。原來雜草處堆放著一堆仙人掌，仙人掌上開著黃花。剛開始舞臺有一片紅光，慢慢的紅光變得強烈。吳道和花鸚鵡站在窗戶旁，盯著窗戶外面看。從窗戶的縫隙裡，能聽到醫生冰冷的聲音。】

花鸚鵡：（模仿醫生的聲音）……強者就是公理，不幸的是，是我而不是你在制訂遊戲規則！一切皆有可能，你能相信誰，你能相信什麼？（沉默。可名上。花鸚鵡模仿戲曲中的旦角）有好戲瞧了，等著吧。

【吳道拿著毛巾迎上前去，可名從他身邊走開。吳道跟在可名身後，吳道踢到腳下的空易開罐瓶子。可名回頭瞪著吳道，吳道低下頭。可名坐在椅子上，吳道輕輕的站在他身旁。】

可名：奇怪……

【可名四處尋找東西，吳道趕緊從地上撿起本子遞給可名。可名把本子摔在地上。沉默。可名來到窗戶旁，吳道端著茶杯跟了過來。攝影機發出刺眼的白光，兩個像雕塑那樣站在那裡。拍照的聲音。沉默。吳道把茶杯遞給可名，可名接過茶杯摔在地上。可名離開。吳道跟在他身後。】

《道可道》戲劇劇本

吳道：（腳被茶杯碎片扎傷）噢 ——

可名：你開口說話了。（沉默）

花鸚鵡：老妖頭，繼續說下去！

可名：瞧，你的腳在流血，你的眉毛痛苦的凝在一塊，就連你的身子都在輕輕顫抖，說吧，只要說一句，我就幫你包紮！（沉默）說啊，說吧！

花鸚鵡：不要裝模作樣！

可名：你不喜歡說話？可是你剛在卻在說「噢 —— 」「噢」，再說一聲，噢，我喜歡你的聲音，讓我聽聽你的聲音！你做愛時候也總是不說話嗎？（撫摸吳道）你高潮的時候也不叫一聲嗎？你不叫「噢」怎麼播種讓你老婆懷孕生兒子呢？噢，噢，不管多麼短促，你都該叫起來，「噢 —— 噢 —— 」不要壓抑自己。就像剛才那樣，叫啊，我要聽你的叫聲！

【花鸚鵡從籠子裡鑽出來，他來到吳道身邊，操縱著吳道表演雙簧。】

花鸚鵡：不，絕不！

可名：可是你剛才在叫，不是嗎？一日出聲，終日叫喊，不是嗎？你不該這樣嗎？

花鸚鵡：不，絕不！

可名：我在你面前毫不掩飾，告訴了你我心靈的一切祕密，你卻告訴了醫生。為什麼出賣我？說啊，該死的老混蛋！

【可名用繩子纏住吳道，花鸚鵡牽引著繩子控制著吳道舞蹈。】

花鸚鵡：不，我沒出賣你……

可名：我看到你寫給醫生的信了！

花鸚鵡：你沒辦法確定那封信是我寫的，你也沒辦法確定醫生話的真假。而且……

可名：什麼？

花鸚鵡：而且即使沒有那封信，醫生依然可以知道你的心聲……不要忘記了攝影機……

【花鸚鵡甩開吳道，吳道踉蹌著幾乎摔倒。花鸚鵡用肩上空無的攝影機對著吳道，吳道僵硬的做著機器人的動作。】

可名：你不能背叛我，不能！

花鸚鵡：我沒有……沒有背叛你！

可名：說話，只要你說一句話，我就相信你！（搖晃吳道）說話啊，只要你說一句話！

【吳道沉默，他用身上的繩子操控花鸚鵡，花鸚鵡僵硬的重複著剛才吳道的動作。】

可名：說啊，隨便說一句話就行！

【吳道呆滯的操控著花鸚鵡，他們就像一對盲人，他們離可名越來越遠。】

可名：說啊，說啊！

【可名搖晃著吳道。花鸚鵡倒地。】

可名：說啊，你說啊！

【吳道倒在花鸚鵡身上，可名也跟著倒在吳道身上。】

可名：你說啊，求求你說啊！

【花鸚鵡在下面掙扎。可名從口袋裡掏出刀，高高的舉起，猛的要刺向吳道。】

吳道：不要 ——

花鸚鵡：啊 —— 你紮偏了，你這個詐騙犯！

可名：你說話了，你說話了！

《道可道》戲劇劇本

【吳道推開可名站了起來。】

可名：您終於對我說話了，我心裡非常感激，我再一次對您充滿好感……我要請您原諒，如果我曾傷害過你的話，我完全出於無意……

【吳道一個人離開他們，花鸚鵡也站了起來，他跟在吳道身後，把繩子塞進吳道手裡。吳道坐在地上，華英武給他包紮腳。】

花鸚鵡：這只是一個夢，一個遊戲，一個演出！

【吳道甩開手裡的繩子，他繼續朝前角落一瘸一拐的走去。】

可名：我只想要您說句話，只想要您對我說句話……要是我有意冒犯您，我要請您原諒，我真誠的向您道歉，只要您肯原諒我，讓我做什麼都可以……

【吳道倒在仙人掌旁，背對著可名和觀眾。】

可名：就像您觀察到的那樣，我有強烈的，強烈的戀父情結……可笑的佛洛伊德術語，要是您高興，您也可以認為我還有戀母情結，甚至還有戀姐情結，戀哥情結……就像他們說的那樣，我不想長大，不想承擔責任……哈，只要您願意，怎麼寫都可以，只要您像以前那樣對我就好。（吳道把頭埋進仙人掌中）對，就像以前那樣，我不再要求您說話，只要您像以前那樣就好……不，甚至您不要像以前那樣對我好，您只要在我身邊，什麼都不用做……只要你願意，我可以為您做一切事情……不，您什麼都不用做，要是您不高興，我對您也什麼都不做，只要您聽我說話，只要您在這裡聽我說話就好……

【吳道開始往仙人掌堆中鑽。花鸚鵡拿著本子坐在椅子上望著他們。】

花鸚鵡：這一切很有趣，我可要觀察仔細了，要記下他們說的一切！

可名：必須要承認，我對您產生了情感……不要害怕，只是一種兒子對

父親的情感，您真像我的父親啊，您的外貌，您的動作，您的一舉一動都很像他，您簡直就是他的化身啊，有時候我都懷疑您就是他，或者是他的鬼魂⋯⋯

【吳道停止了鑽的動作，花鸚鵡仔細的聆聽。】

　　花鸚鵡：這很重要，要是不記下來，我很快就會忘掉⋯⋯

【花鸚鵡邊聽邊在本子上記。】

　　可名：天啊，這是什麼世界？我在哪裡？我還活著嗎？我是誰？我有什麼？我是人嗎？我是怪物還是天使？這是地獄還是瘋人院？誰能證明給我看⋯⋯噢，包圍著我的只有沉默，噢，一句話，只要說出一句話，隨便一句什麼話，我就知道自己身在何處，我就知道我是誰，我就知道我是活著還是死去？！⋯⋯求求你，開口說話吧！（吳道繼續往仙人掌堆裡鑽）

　　花鸚鵡：（邊重複邊記下）求求你，開口說話吧⋯⋯

　　可名：你可真該死，知道嗎？我罵你該死！你除了沉默還有什麼？天啊，太糟糕了，為什麼我遇到的總是沉默⋯⋯沉默的女人，沉默的戀人，沉默的父親⋯⋯太糟糕了⋯⋯

【吳道停了鑽的動作⋯⋯】

　　花鸚鵡：（邊記邊重複）太糟糕了⋯⋯他說得太快了，我手都記麻了⋯⋯（他甩了甩手指。）

　　可名：我的父親就像你一樣總在我身邊沉默⋯⋯對不起，我又想到我父親了，是你讓我想起這些的⋯⋯在我兩歲的時候，我從來沒有父親的概念，不是因為他不在我身邊，而是因為他總是沉默，在我和母親身邊沉默，他們冷戰，正準備離婚⋯⋯噢，爸爸，你總是不說話，總是不說，沉默，該死的沉默！不要總是那麼安靜，該死的，給我弄出點聲音啊！

【踢了吳道的腳，吳道繼續鑽。】

《道可道》戲劇劇本

可名：對，就是這樣，不要沉默，給我點聲音，聲音！（吳道鑽的聲音加大）對，就是這樣，大點，聲音越大我講起來就越幹勁，明白嗎？（吳道發出更大的鑽聲）對，對，很好，謝謝你的配合，這讓我感覺很舒服，往昔的生活一下子湧進了腦海，記憶大門被打開……

花鸚鵡：天啊，我都有點跟不上了……記憶大門被打開……

可名：往事就像電影畫面在我眼前閃現……那時候我兩歲，父親和母親經常吵架，有時候還大打出手，他們條件並不般配，是命運把他們拴在一起，有時候我在想，要是他們沒有結婚，也許他們彼此的生活會更幸福……那樣的話，一定不會有我，這說不定會更好，對……

花鸚鵡：……這說不定會更好，對……

可名：沒有我會更好，肯定會更好。這個世界上一定少了一個怪物多了一份安寧，有時候我覺得自己就像病菌，COVID-19 或者黑死病，走到那裡都帶不來安寧……我要是沒出生一定會更好……

【吳道帶著滿身的仙人刺鑽出來，頭上還有兩朵仙人掌花。】

可名：你為什麼鑽出來？你想修補我們的關係嗎？不，對不起，我覺得我不像剛才那樣需要你了……剛才我發了瘋一樣想要接近你，可是，我現在一點都不需要了，你明白嗎？孩子們往往對丟掉的燈籠念念不忘大哭大鬧，而對身邊的兔兒爺不屑一顧……事情就是這樣……

花鸚鵡：確實是這樣啊……

【吳道一瘸一拐的靠近可名，可名躲開。】

可名：不，求求你，不要跟著我，讓我一個人安靜一會吧……（吳道抱著可名，可名掙扎，吳道抱得很緊）你要是還想聽我講故事，就放開我，放開我！

花鸚鵡：放開我，放開我！

【可名猛力掙扎，他甩開吳道，兩個人互相瞪著喘氣。可名身上也沾上了仙人掌的刺和花。】

可名：……還是回到我的父親身上吧。我覺得他是個不幸的人，娶了個不喜歡的人，一輩子沒實現抱負，英年早逝……我小的時候，他很少回家，總是躲在外面……那時候他還是高中老師，他教數學、物理、化學、政治，甚至還有音樂。有一天晚上，停電了，我們點著蠟燭，房間裡還是漆黑一片，他教我和姐姐唱歌……

花鸚鵡：（唱）美麗的小鳥，一去不回返……

【吳道操縱花鸚鵡，他們表演雙簧，花鸚鵡說著臺詞，吳道張嘴但沒聲音。】

可名：他唱得還不壞……事實上，他是個多才多藝的男人，媽媽卻沒上過什麼學……聽爺爺說，和媽媽訂婚時，爸爸還是個沒畢業的高中生，因為文革，學校老師被學生毆打，爸爸看不慣，就回到了老家……為了響應國家的號召，十六歲的爸爸去了革命聖地韶山去串聯……

花鸚鵡：爹親娘親不如領導人親……

可名：冬天，下著大雪，父親還穿著秋天的衣服，他凍壞了，後來就得了風溼性心臟病……

花鸚鵡：為了向社會敬獻愛心，我們可以犧牲一切……

可名：那一年，他才十六歲，單純而理想，極富有熱情……爸爸在家待了兩年，病治好了但落下了根，沒有女孩願意與爸爸訂婚……

花鸚鵡：他有病，誰嫁給他誰倒楣……

可名：透過親戚介紹，爸爸和媽媽訂婚了，媽媽不知道父親的病，他們又住得遠……每年夏天和秋天，媽媽都去爸爸家幫他們收割麥子……後來，爸爸被推薦上了高中，有一個女同學經常來家裡，她喜歡爸爸，爸爸也喜歡她，每次奶奶都把她趕走……大家都說爸爸會退婚，媽媽曾經為等了爸五

《道可道》戲劇劇本

年……爸爸也想要退婚，家裡親戚都反對……結婚那天，爸爸穿著短褲跑到西地，要不是奶奶發現得早，他說不定就會跳井……爸爸被硬拉著成了親……奶奶說，「泉兒，這都是命，我們不能虧待人家」……

花鸚鵡：「我不願意，我不願意」……「你不願意也得願意，都這時候了還鬧什麼鬧？」……

可名：要是在現代，爸爸一定不會和媽媽結婚，那時候很保守……媽媽很爭強好勝，一個人種了四個人的地……爺爺奶奶帶走了姐姐，我跟著媽媽……爸爸很少回家，他總想著離婚。每次回到家，爸只是在客廳裡看書，什麼都不說。媽媽在廚房裡做飯，她把我放在客廳。我三歲，卻敏感得要死，又極容易害羞，我盯著眼前的男人，我想要接近他，想要被他抱在懷裡，想要他給我講故事，可是他總是沉默，他的沉默讓我害怕，讓我覺得恐懼……在沉默中，那個男人把自己關在玻璃罩裡，我能看到他，卻永遠無法接近……我想撒尿，我想跑走，雙腳卻被釘在地上，被你的沉默釘在地上。我尿在褲子上，我哭著喊著媽媽，媽媽跑過來，給我換褲子，你厭惡的走開，沉默不語……

花鸚鵡：沒有，沒有啊……

可名：你不記得了，你當然不記得了……你一心沉浸在你的怨恨中，你怎麼可能想到一個三歲的小孩對你的需要……爸，這太殘忍了，對一個小孩來說太殘忍了，爸，你的沉默讓他無所適從，他不知道自己做錯了什麼，他需要和你接觸需要你的擁抱需要你的愛，爸，他需要你的愛……

花鸚鵡：我不記得了，我什麼都不記得了……

可名：你從沒有打過我，可只是對我沉默，可沉默遠比痛打嚴重！你明白嗎？爸，我不被需要，我無足輕重，我什麼都不是，一定是我做得不好，這才讓你討厭我……

　　花鸚鵡：不是的，不是的……

　　可名：爸，我恨你，我恨你的沉默，恨你的殘忍，恨你從來不關心我，在我五歲前，你都沒有抱過我，我是你的兒子，是你的親生兒子啊……你在外面有說有笑，卻在家裡沉默不語，對我和媽媽沉默不語……我痛恨害怕你卻又禁不住想要接近你，就像老鼠害怕貓卻總不由自主的來到貓身邊……

　　花鸚鵡：可名，你不用害怕我，我根本就不知道該怎麼對你……

　　可名：一個三歲的小孩子知道什麼？他怎麼知道大人的心理？他怎麼知道你的沉默不是因為他的原因？他只是個孩子啊……

　　花鸚鵡：我不知道，我不知道怎麼做父親……

　　可名：爸，你對我太殘忍了，你對一個孩子太殘忍了……

　　花鸚鵡：可名，可名……

　　可名：爸，很長時間我都活在你的陰影裡，我害怕你高大的身影，我害怕你的絡腮鬍子，我害怕你陰沉的臉孔……我一聽到你的腳步聲就心跳加快，面紅耳赤，就像做錯了事情，想要跑走雙腳卻不聽使喚，在你面前我總是犯錯，不是跌倒就是打破碗，你什麼都不說，你總是沉默著，甚至眼睛都沒離開書……就好像我只是空氣，我什麼都不存在……我真想你開口說話，哪怕訓斥我，哪怕打我一頓……爸，這都比沉默強，比沉默強！

　　花鸚鵡：真的嗎？可名，真的嗎？……

　　可名：我一看到您進來，我就飛快的逃到另一個房間，可是我又忍不住隔著門縫偷偷看著你，你坐在客廳裡沉默不語，他在陰影裡看書，有時候我會故意發出聲音，輕輕的跺下腳，用指甲在牆壁上劃來劃去，或者朝客廳扔塊小石頭，你知道我躲在那裡，可是你依舊沉默，你仍舊躲在書裡沉默不語。書一定是好東西，至少要比我吸引你……

　　花鸚鵡：可名，爸也想抱你……

《道可道》戲劇劇本

可名：爸，你在媽媽和我面前沉默不語，沉默是劍，是你鋒利的武器，你刺向了我們，可是我那麼小，我是你的兒子啊……

花鸚鵡：我真傻，真傻……

可名：有一天，我光著腳在路上走，太陽照得我滿臉是汗，那一年我五歲，正是夏天寧靜的中午，大人都在睡覺，我不想待在沉默的家裡，我想逃走，遠遠的逃走……我來到河邊，盯著青綠的河面，水裡有很多水草，還有游泳的小青魚和大腦袋的小蝌蚪……我想和牠們玩，牠們一定會和我說話，不像你總是沉默……我把腳伸進水裡，水溫吞吞的，舒服極了，小魚在啄我的腳丫子，牠們一定是對我表示歡迎，牠們不像你總是沉默……我走了好幾步，腳下一滑，我栽倒在水裡，我睜開眼看見了青魚和蝌蚪，牠們簇擁在我周圍，我從水裡看著遠處的樹、村落和奔跑的人群……這下子好了，你不用再看到我，我也不用感受你的沉默……

花鸚鵡：可名，可名，可名——

【他們追可名，可名躲著他們。】

可名：就好像我們是陌生人，你從來不認識我，我也從來不認識你，你不是我爸爸，我也不是你兒子，我們一刀兩斷，再也不用沉默連接我們……

花鸚鵡：可名，可名！

【他們抱著可名，可名推開他們。】

可名：要是我一直在水裡，和小魚和蝌蚪一起玩該有多好……我們會整天一起唱歌，一起玩遊戲……

花鸚鵡：可名，我不知道，我不知道……

可名：我醒了，看到媽媽披散著頭髮，哭紅了雙眼。還有你，爸爸，你握著我的手，你的大手握著我的小手，你看著我笑了一下，我哭了，你也哭了，媽媽也哭了……你抱著我跑去醫院，你的懷抱多溫暖，就像另一個宮殿……

花鸚鵡：對不起，爸爸對不起……

可名：你給我削蘋果，你餵我喝魚湯……爸，你不再沉默，你會笑著講故事，還幫我洗澡，幫我擦藥治身上的瘡……「爸，孫悟空的金箍棒藏在哪裡啊？」

花鸚鵡：藏在耳朵裡……

可名：豬八戒的武器藏在哪裡啊？

花鸚鵡：藏在手心裡……

可名：沙和尚的武器藏在哪裡啊？

花鸚鵡：藏在胸口上……

可名：爸，你不再對我沉默……我躺在病床上，卻覺得比天堂還快樂，我握著你的手，就連睡覺都不鬆開，只要你一鬆手，我就大喊大叫著醒來，滿頭大汗，你就再也不離開，整天陪著我，你對媽媽也不再冷漠，你餵我吃飯，看我吃下那麼多的肉和豆腐，你和媽媽都笑了。我也笑了。我們都笑了。爸，我們真幸福，我們在一起真幸福啊……

花鸚鵡：我怎麼忘了？我怎麼都忘了呢？！

可名：要是時間永遠停在那一刻該多好，該多好……

花鸚鵡：我們永遠在那一刻，可名，還有媽媽和我，我們永遠在那一刻……

可名：我很快出院，你再也不會對我沉默……只要我看見你看書，我就會大喊大叫，要是你不放下書本，我就鑽到你懷裡不出來……你再也不能和那些書本在一起了，你再也不能對我沉默……

花鸚鵡：我記起來了，我記起來了……

可名：這就是我後來讀書這麼好的原因……

花鸚鵡：為什麼啊，可名？

《道可道》戲劇劇本

可名：你喜歡書，我要是讀書好，你一定會更喜歡我！瞧，這就是我的邏輯……從小到大，我拚命讀書，拚命學習，你瞧，我後來獲得了博士學位……

花鸚鵡：我很為你驕傲……

可名：我恨透了你的沉默，我不能忍受你的沉默……我害怕了不被關心的日子，爸，我害怕成為人群中默默無聞的大多數，我必須要做出點什麼，就像他們說的那樣，吸引大家的注意力！你明白嗎？爸，這就是我喜歡寫作的原因，只有在寫作中我才成為我自己，我才能獲得別人的關心！爸，我害怕自己什麼都不是，我害怕成為人群中的盲點，我害怕大家對我沉默不語！爸，爸，這都是你造成的！是你啊！

花鸚鵡：我不知道，我從來不知道……

可名：於是我就拚命寫作，寫各種各樣古怪的小說和劇本，我想要被他們承認，想要成為人群中的焦點，我不想生活在沉默的世界中……爸，我失敗了，我奮鬥了五年，我失敗了！

花鸚鵡：失敗了，失敗了……

可名：我寫的小說，一篇都沒有發表，寫的戲劇，也根本沒辦法上演，就連寫的電影劇本，都拉不來投資……我沉默了。我躲在暗室裡，一個人生活在沉默的世界中。周圍的沉默把我包圍。我太累了。沉默壓得我喘不過氣來……

花鸚鵡：沉默，沉默，沉默……

可名：（拉著吳道）給我說句話吧，說句話吧，開口說句話吧……

【吳道離開。】

花鸚鵡：說句話吧，開頭說句話吧！

可名：（跪在地上）隨便說句話吧……說天氣不好，說你冷了，說你餓了，說你渴了，說你想我了，說你想回家了……隨便說句什麼，讓我知道你還在乎我……

　　花鸚鵡：說吧，求求你一句吧……

【吳道掙脫可名，倒在跑到仙人掌旁。】

　　可名：（從口袋掏出刀，放在右手腕上）你隨便說句話啊，你要不說，我就，我就……

　　花鸚鵡：我受不了……受不了，我要走了……（躲在籠子裡）

【吳道開始鑽仙人掌堆。】

　　可名：沉默，總是沉默。他只會沉默。沉默是劍，是他最鋒利的武器，他總是用沉默折磨我……我也有自己的武器，有你好瞧的……

【用刀割手腕。】

　　可名：啊——

　　花鸚鵡：啊——

【吳道鑽進了仙人掌堆。】

【攝影機的紅光變成白光，閃了好幾下。幕後醫生的房間傳來稀稀落落的掌聲和口哨聲。燈滅】

第九場

【舞臺上一片黑暗。怪鳥的叫聲。奔跑聲和呼救聲。怪笑聲。哭喊聲。蟬的叫聲。交媾聲。犬吠聲。肢體碰撞聲。蝙蝠的叫聲。鐵鍊拖地的聲音。響亮的耳光聲。狼嗥叫聲。風聲。鈴鐺聲。輪船汽笛聲。雷聲。玻璃破碎的聲音，野貓淒厲的叫春聲……】

【幾個臉上帶著動物恐怖面具的人慢慢走向床上的吳道。花鸚鵡渾身顫抖，臉朝向牆壁。他們撲向床上的吳道。吳道不出聲的叫喊著。他們抓走吳道，吳道竭力掙扎，從床上滾到地上。花鸚鵡驚恐的用頭撞牆。他們拉走吳道，

《道可道》戲劇劇本

吳道反抗,打落一個人臉上的面具,他正是醫生。】

【可名擋住他們的路。可名的雙手上都纏著繃帶。他們繞行,可名又擋著他們,他們拉走吳道。吳道不出聲叫喊著拉住可名的手。花鸚鵡尖叫。可名和他們搏鬥,他們放開了吳道,吳道躲在一旁,坐在地上哭。他們打倒了可名,花鸚鵡抬頭看他們搏鬥,為可名加油。可名打倒醫生。他的同伴再一次抓走吳道,可名尖叫。】

【可名趕過來救吳道,打倒那幾個人。花鸚鵡叫好又拍手。醫生和同伴下場,地上留著可怕的面具。吳道倒在地上,渾身顫抖。】

【可名跪在地上抱著吳道,吳道不出聲的嚎叫。吳道推倒可名。吳道在地上像野獸一樣滾爬,可名站起來,吳道不出聲的嚎叫,花鸚鵡淒厲的尖叫。吳道和可名對峙。可名跑過去,吳道撕咬可名。可名跪在地上,抱著吳道的頭。可名漸漸平息。音樂變得柔美。花鸚鵡坐在地上,臉上帶著微笑。】

【音樂變得淒厲。雨點聲、撕心裂肺的哭聲、鐵鍬尖拖地的聲音、葬禮的嗩吶音樂、撕心裂肺的哭聲、火車鳴叫聲、大雨聲、雨中鳥孤獨的叫聲、長久的火車鳴叫聲……】

【吳道驚恐的推開可名,躲藏起來。可名尋找吳道。】

　　可名:你不在那裡。

　　你不在這裡。

　　你是個沉默者。

　　你沒有說過一句話。

　　你出現在夢境。

　　依舊沉默。

【吳道出現在舞臺另一端。他望著可名。】

　　你本可以不來。

但你沉默的到來。

你帶來了沉默。

我沉溺於沉默中。

我囚禁在沉默中。

我禁錮在沉默中。

【可名追趕吳道，吳道躲藏著。】

可名：

沉默如鐵槍刺我；

沉默如烈火烤我；

沉默如寒冰沁我；

沉默如弓箭射我；

沉默如油鍋炸我；

沉默如刀俎砍我；

沉默如糞尿淹我；

沉默如野狗追趕我；

沉默如沸湯澆灌我；

沉默如鐵驢耕犁我；

沉默如燒銅抱柱我；

沉默如鐵蒺藜捆綁我；

沉默如眾鬼怪吞食我心⋯⋯

【可名用鞭子抽打吳道。吳道在地上爬著逃。】

呀 —— 啞 ——

不在沉默中吶喊，就在沉默中死去。

我決定說、言、喊叫 ——

我決定道出一切，

在你的沉默中。

你有刀，我有劍；

你有矛，我有盾！

你有沉默，我有道！

道道道！

道可道，非常道！

名可名，非常名！

【吳道躲在一旁，可名找不到吳道。】

你不在那裡。

你不在這裡。

你在哪裡？

我的喊叫淹沒在沉默中。

沉默中可有你？

沉默中可有你？！

可有你可有你！？……

【燈暗。】

第十場

【古怪的審判廳。醫生坐在主席臺上，在聽眾席上坐著男病人和一些精神病人，還有病人假扮的觀眾，他們假裝是被邀請來的貴賓們。可名坐在原告席上，吳道坐在被告席上，他身後是花鸚鵡。兩個病人攝影師，分別拿著一臺攝影機對著可名和吳道，燈光師為他們打光。在這一幕中，可名沒有表情，

語調也冷漠，和醫生一樣。醫生站起來，他手裡拿著一根長鞭子。證人席上坐著女病人和男病人，女病人頭低著，頭髮披散著如女鬼，男病人光頭，目光呆滯。】

　　醫生：你的手好些了嗎？

　　可名：好了。

　　女病人：哈哈哈哈哈。

　　男病人：哈哈哈哈哈。

　　眾病人：哈哈哈哈哈。（沉默。所有人都陷入呆滯中）

　　醫生：你邀請我們觀看一場戲，一場關於審判的戲，我們都很感興趣。你一給我們發出邀請，我們就迫不及待的準備好拍攝。

　　花鸚鵡：好啊好啊！

【男病人回頭看一眼花鸚鵡，花鸚鵡掩嘴不語。】

　　醫生：昨天你取走了吳道的檔案，說是為了好好研究研究他。我們對你非常支持，無論你提出任何要求，我們都會答應，只要你能表演好最後一場。你能滿足我們這個要求嗎？

　　可名：是的。

　　醫生：我很高興你這麼說。為了留下這最有紀念意義的一幕，我特地叫還了攝影師和燈光師，都是院裡技術最好的。你能表演好嗎？

　　可名：是的。

　　醫生：不用緊張。

　　花鸚鵡：好的。

【醫醬油鞭子，花鸚鵡尖叫。】

　　醫生：那有你說話的份！

　　女病人：哈哈哈哈哈。

《道可道》戲劇劇本

男病人：哈哈哈哈哈。

眾病人：哈哈哈哈哈。（沉默。所有人都陷入呆滯中）

醫生：（對可名）記好，這只是一場演出，一個夢，一個遊戲。

可名：明白。

醫生：按照規則，我必須要再次提醒你，如果你表演精彩，符合院裡規定，

你就能康復出院，明白吧？要是你表演得特別精彩，甚至會榮升為這裡的醫生，明白嗎？

可名：明白。

醫生：準備好了嗎？

可名：準備好了。

女病人：哈哈哈哈哈。

男病人：哈哈哈哈哈。

眾病人：哈哈哈哈哈。（沉默。所有人都陷入呆滯中）

醫生：（對攝影師和燈光師）準備好了嗎？（他們呆滯的點點頭）三、二、一、ACTION！

【花鸚鵡把椅子轉過來，吳道對著觀眾，燈光打在他身上。可名毫無表情，語調冷漠。攝影師和燈光師開始工作，但他們動作僵硬，表情呆滯，宛如木偶人。】

可名：你一直沉默不語。這是個謎團。一個吸引我們想要破解的謎團。從你到我身邊第一天起，我對你的觀察就沒有停息。我極其想要知道你為什麼會沉默不語，如果我能破解這個謎團，我就能進入你的內心世界，就像他們說的，就能把你捕獲，就像一隻羔羊捕獲了一頭雄獅，你明白嗎？這關係著我的命運和未來，也是判斷我是否回覆正常的一個標準。我很高興院裡

給我這個機會，在這裡，請允許我對治療我的最最親愛的醫生和最最敬愛的精神病院表達最誠摯的感謝。（眾病人和觀眾們的掌聲）我在這裡住了這麼久，我早就把這裡當作我的家，我極其留戀的家。啊，在這裡的日子，生命多麼美好充實，我多想對時間說一句：停一停吧，就讓我永遠停留在這一刻吧……

【男病人摸女病人的手。】

　　女病人：哈哈哈哈哈。

　　男病人：哈哈哈哈哈。

　　眾病人：哈哈哈哈哈。（沉默。所有人都陷入呆滯中）

【醫生用鞭子抽他們。】

　　醫生：對不起，請繼續。

　　可名：好的。感謝你們一直認真在聽我的報告……

【花鸚鵡放了個屁。】

　　女病人：哈哈哈哈哈。

　　男病人：哈哈哈哈哈。

　　眾病人：哈哈哈哈哈。（沉默。所有人都陷入呆滯中）

【醫生用鞭子抽花鸚鵡。】

　　花鸚鵡：疼死我了。

【醫生用鞭子抽花鸚鵡。】

　　可名：讓我們切入……

　　醫生：閉嘴！（眾病人沉默）對不起，請繼續。

　　可名：讓我們，讓我們切入正題吧，我們都知道吳道先生您是個牧師，您在一次布道的時候突然沉默，你一句話都說不出來，信徒們都盯著您看，

《道可道》戲劇劇本

想要知道發生了什麼事，你尷尬的笑了笑，接著就昏倒在地，醒來後你再也沒有說一句話，不論別人問你什麼，你都保持著沉默。家人十分擔心你的健康，就把你送到了醫院，你到醫院後，依舊保持沉默。這真的很奇怪，你很頑固，病人一般到了醫院，都會配合醫院的治療，只有你還頑固不化。為了弄明白你為何沉默不語，醫生把你送到我這裡，讓我仔細觀察你，記錄你的一言一行。好心的醫生甚至為了引導我的積極性，給我開出了極其富有誘惑力的條件：只要我成功的破解你沉默的原因，我就能順利出院。甚至要是我表現精彩，我甚至能成為這裡的醫生……

　　花鸚鵡：（對女病人）您怎麼了？那裡不舒服？

【他抬起女病人的頭。】

　　女病人：（恐怖的笑）哈哈哈哈哈。

　　男病人：哈哈哈哈哈。

　　眾病人們：哈哈哈哈哈。

【醫生甩手裡的鞭子，花鸚鵡退後到吳道身旁。】

　　可名：好，好吧，讓我們跳過這裡，直接切入正題吧……（拿出撕毀的照片）我注意到你隨身攜帶著這張照片，一個英俊的年輕人，那是你兒子……剛開始我以為你沉默是因為你有可怕的戀童癖，對你的兒子有著可怕的熱情……對於精神病患者來說，這沒有什麼，他們正是因為承受不住可怕的熱情最後才崩潰成為病人……而且，還有那麼多半截身子已經埋到土裡的老頭子，卻瘋狂的迷戀上了美少年，這是一種生命本能，為了抓住生命的尾巴……但後來我打消了這個念頭，我繼續追查你的檔案，你的鄰居和親人。到了最後我終於明白了事情的真相……

【女病人和男病人接吻。】

花鸚鵡：啊啊啊 ——

【醫生甩給花鸚鵡一鞭子。】

花鸚鵡：他們接吻你都不抽他們！

【醫生抽花鸚鵡一鞭子。】

醫生：你給我閉嘴！

花鸚鵡：他們……

【醫生又抽他一鞭子。】

花鸚鵡：嗚嗚嗚……

【醫生抽女病人和男病人，他們分開。】

女病人：哈哈哈哈哈。

男病人：哈哈哈哈哈。

眾病人：哈哈哈哈哈。（沉默。所有人都陷入呆滯中）

醫生：等一等，等一等！（給攝影師下命令）鏡頭拉近，要特寫，臉部特寫！

【燈光師往吳道臉上打強光，攝影師拍吳道的臉部特寫。醫生甩鞭子抽燈光師和攝影師】

醫生：笨蛋，不是他，是他們！

【醫生抓著女病人的頭髮，抬起她的頭，燈光師在她臉上打上強光，攝影師拍她的臉部特寫。另一個攝影師對準男病人臉部拍特別。】

女病人：哈哈哈哈哈。

男病人：哈哈哈哈哈。

眾病人：哈哈哈哈哈。（沉默。所有人都陷入呆滯中。醫生抽了下鞭子。）

《道可道》戲劇劇本

【醫生抓著女病人的頭髮把她拽起來,然後又抓男病人的頭髮,假髮掉了下來,露出光頭,醫生拽不起男病人。】

女病人:哈哈哈哈哈。

男病人:哈哈哈哈哈。

眾病人:哈哈哈哈哈。（沉默。所有人都陷入呆滯中。醫生抽了下鞭子。）

【花鸚鵡跑過來幫醫生拽男病人,男病人還是不起來,醫生抽了他好幾下鞭子。兩個攝影師一直對準他們拍攝著。】

女病人:哈哈哈哈哈。

男病人:哈哈哈哈哈。

眾病人:哈哈哈哈哈。（沉默。所有人都陷入呆滯中。醫生抽了下鞭子。）

【醫生拉起了男病人。】

醫生:其他演員上場。

【他做出抽鞭子的動作,抽鞭子發出聲響。女病人和男病人站了起來,他們身體僵硬,開始扮演起吳道的妻子和兒子。花鸚鵡則拉起吳道,操縱著吳道,他們進行著默劇表演。慢慢的,他們擺脫了僵硬和呆滯,表演得自如起來,卻又帶著精神病人的誇張。對,他們一直就像精神病人那樣表演。】

男病人:繼續,請注意表演的節奏!

【可名點點頭。】

可名:我必須要說真相,儘管這樣會傷害不少人。真相是我唯一的追求。尊敬的吳道牧師,您一直沉默不語,是因為您看到了一個可怕的事實。正是這個可怕的事實讓您沉默不語,就像雷電劈死了想要看到宙斯真身的女人。在這裡,我必須要談談您的家庭。因為您是個虔誠的教徒,您在神像面前發

誓要把自己的一生獻給上帝，您也是這樣做的。您是個意志堅定的人，為了宗教不惜犧牲自己，為了在邊遠地區傳播教義，為了把上帝的榮光灑到他們生活中，你常常要翻山越嶺跑很遠的地方去傳播宗教。您常常好幾天不能回家，有時甚至還要在外地住上幾個月。您在外面非常辛苦，心神憔悴，回到家累得什麼話都說不出……

　　花鸚鵡：（對女病人）美人，你真漂亮！

　　女病人：（吐花鸚鵡一臉口水）呸！哈哈哈哈哈。

　　男病人：哈哈哈哈哈。

　　眾病人：哈哈哈哈哈。（沉默。所有人都陷入呆滯中。醫生抽了下鞭子。）

　　花鸚鵡：美人——

【女病人和男病人把手奔跑，花鸚鵡跟在他們後面追，吳道陷入呆滯中。醫生甩鞭子，花鸚鵡倒地，然後他繼續操縱吳道。攝影機一直對著他們拍攝。】

　　可名：為了不打擾你休息，你的妻子和兒子都不敢走近你，每次他們不小心吵到你，你總是對他們暴怒，又是吵鬧又是摔東西，你的小兒子總是大哭起來，惹得你不高興就把他們趕出你的房間，你在房間裡聽到你妻子安慰你可憐的兒子，你就更是怒火中燒，因為他們結成了聯盟，把你排斥在外。你惱恨他們的小集團，惱恨他們的小把戲……

　　花鸚鵡：（摸女病人的臉）美人，我們睡覺吧！

　　女病人：（打花鸚鵡耳光）哈哈哈哈哈。

　　男病人：哈哈哈哈哈。

　　眾病人：哈哈哈哈哈。（沉默。所有人都陷入呆滯中。醫生抽了下鞭子。）

　　花鸚鵡：美人啊——

【女病人和男病人把手奔跑，花鸚鵡跟在他們後面追，吳道陷入呆滯中。醫生甩鞭子，花鸚鵡倒地，然後他繼續操縱吳道。】

《道可道》戲劇劇本

　　可名：當然，你有時候對你兒子也很好，你會把他叫到跟前，溫柔的撫摸著他的小腦袋，還給了他一個紅蘋果，等你兒子對你露出微笑時，你就開始要他來背《聖經》了。他一下子傻了，吃了一半的紅蘋果也掉下來，滾到沙發底下，他站起來，磕磕絆絆的開始了背誦，剛開始你還耐心的提示他，但他實在背不出來多少，也許是被你嚇的吧，他是個多敏感的孩子啊！你惱怒的瞪著他，最後罰他在暗室裡背書，可憐的孩子總是不能吃飯，他才只有七歲啊……母親偷偷的給她送吃的東西，每次你發現了，都對她一頓訓斥。你並不愛你妻子，你比她大十五歲，你都可以做她爸爸了，她也很怕你，她在你面前從來不敢大聲說話，你希望你們像正常的夫妻那樣開開玩笑，但你太累了，你在家裡總放不下架子……

【花鸚鵡放開吳道，吳道倒地。花鸚鵡抱住女病人，她竭力掙脫，掙脫不掉。攝影機對準他們。】

　　花鸚鵡：美人，想死我了！
　　女病人：（咬花鸚鵡的臉）哈哈哈哈哈。
　　男病人：哈哈哈哈哈。
　　眾病人：哈哈哈哈哈。（沉默。所有人都陷入呆滯中。醫生抽了下鞭子。）

【花鸚鵡放開女病人。醫生放起音樂，女病人和男病人跳舞。醫生做出甩鞭子的動作，鞭子的音效聲出，花鸚鵡抽搐一下，他拉起地上的吳道，心不在焉的操縱著吳道。】

　　可名：你的妻子和兒子一定把你當成了怪物，每次你站在門口聽到他們在屋內又是說笑又是講故事又是做遊戲時，你總是覺得被他們排斥了。這不是你需要的家，家不應該分成幾個集團的，你們才三個人啊……你痛恨他們對你的排斥，你用加倍的冷漠回應他們，這只能導致你們的關係更加冷冰冰，你們甚至還不如陌生人友好……

【醫生關上音樂。花鸚鵡放開吳道，吳道倒地，花鸚鵡撲在地上抓住女病人的腳。女病人竭力掙扎，花鸚鵡更緊的抓她，女病人倒地，男病人拉她，也倒地。】

女病人：哈哈哈哈哈。

男病人：哈哈哈哈哈。

眾病人：哈哈哈哈哈。（沉默。所有人都陷入呆滯中。醫生抽了下鞭子。）

【醫生做甩鞭子的動作，鞭子的音效聲出。吳道站起來，花鸚鵡跟著站起來，女病人接著站起來，男病人最後站起來。醫生做甩鞭子的動作，鞭子的音效聲出。醫生打開音樂，花鸚鵡操縱吳道，女病人和男病人繼續跳舞。】

可名：你的妻子和你的兒子一直玩得很好，你的妻子一直都沒長大，又保養得很好，你的兒子長得很高，他們經常在一起打鬧嬉戲，快活得就像兩隻野貓……他們就像一對親姐弟，而你卻是他們厭惡得想要嘔吐想要叛逆的老父親。（醫生關上音樂，男病人和女病人繼續跳舞）你在家總是沉默，你年紀大了，教堂的事情已經沒那麼多了，你很多時候都在家裡。在家裡沉默，坐在椅子上幾個小時都不說話。你的雙鬢髮白，身材臃腫，肌肉鬆弛，你不再年輕，你離墳墓越來越近。你的兒子和你的妻子長大了，他們對你不再恐懼，也不把你的沉默當作一回事……

【花鸚鵡放開吳道，吳道倒地。花鸚鵡鑽進男病人和女病人的中間，他們推開他，花鸚鵡倒地。】

女病人：哈哈哈哈哈。

男病人：哈哈哈哈哈。

眾病人、攝影師和燈光師：哈哈哈哈哈。（沉默。所有人都陷入呆滯中。醫生抽了下鞭子。）

《道可道》戲劇劇本

【花鸚鵡爬起來，鑽進男病人和女病人中間，他們推開他，花鸚鵡倒地。他們一直在重複這個動作。】

可名：在餐桌上，你沉默著吃著你的晚餐，他們卻嘰裡呱啦的說著，兒子談學校的趣事，母親談鄰居太太無聊的閒談，他們說話的聲音很快，你幾乎聽不清楚，只有他們聽得明白，他們總是用這種方式交談，你很清楚，從某種程度上，他們只是在展示，在表演，他們說給你聽，表演給你看，目的卻是狠狠的刺傷你。你過去總黑著臉，他們在你面前連大氣都不敢喘一聲，報仇的日子終於到來。有時候他們什麼都不說就開始了大笑，肆無忌憚的在你面前大笑，有時候笑三分鐘，有時候笑五分鐘，有時候則笑得更長時間……

女病人：哈哈哈哈哈。

男病人：哈哈哈哈哈。

眾病人、攝影師和燈光師：哈哈哈哈哈。（沉默。所有人都陷入呆滯中。醫生抽了下鞭子。）

可名：你明白了他們的伎倆，也就毫不在意，在餐桌上專心吃自己的東西，有時候臉上還掛著笑容。你對他們視而不見，他們也就束手無策。你在教會中摔打多年，對付你的妻子和兒子只不過是小菜一碟，他們在你面前重新沉默，不再大笑甚至連交談都不會，大家都在沉默中。你們的家就像墳墓，而你們三個就是三具沉默的僵屍。沉默把你們吞噬，你們在沉默中消沉老去……

【花鸚鵡拽女病人的衣服，男病人推他，花鸚鵡倒地，女病人衣服撕開。女病人拽男病人的衣服，花鸚鵡推她，女病人倒地，男病人衣服撕開。男病人拽花鸚鵡的衣服，女病人推他，男病人倒地，花鸚鵡的衣服沒撕開。】

女病人：哈哈哈哈哈。

男病人：哈哈哈哈哈。

眾病人：哈哈哈哈哈。（沉默。所有人都陷入呆滯中。醫生抽了下鞭子。）

可名：你以為永遠都會是這樣，你以為你們永遠都會生活在家的沉默裡，你以為死亡會是另一個沉默將把你吞噬，直到有一天你看到了你的妻子和他的兒子—— 也就是你的兒子，反正都是一個人，那個很帥的年輕人，你知道我說的是哪一個—— 赤身裸體的在大床上翻滾，他們身體壓著身體，呼吸急促，他們眼睛瞪著你，毫不吃驚，嘴角甚至還掛著笑容，挑釁的笑容……

【男病人和女病人在地上翻滾，花鸚鵡放開吳道，他爬到他們中間，他們推開他，繼續翻滾，花鸚鵡被吳道阻擋，他推開吳道，繼續爬到男病人和女病人中間。他們推開他，繼續翻滾，花鸚鵡被吳道阻擋，他推開吳道，繼續爬到男病人和女病人中間。男病人抱起女病人做愛。兩個攝影師爭著和一個燈光師接吻，兩個攝影師打起來。】

女病人：哈哈哈哈哈。

男病人：哈哈哈哈哈。

眾病人：哈哈哈哈哈。

【沉默。眾病人停止交媾的動作，所有人都陷入呆滯中。醫生抽了下鞭子。男病人穿衣服，女病人抱住他，男病人推開她。女病人穿衣服，花鸚鵡抱住她，女病人推開他。燈光師抱住一個攝影師，他推開了燈光師，燈光師抱住另一個攝影師，他也推開了燈光師。】

可名：你明白他們的意思，他們想要聽到你的叫聲，驚訝或者憤怒的叫聲，他們想要看到你怒火中燒的臉孔，他們想要聽到你的怒吼聲。但你識破了他們的意圖。你關上了門，什麼話都說。你依舊沉默，你把沉默遺留到了房子裡，你把沉默留在了他們翻滾叫喊的大床上……

女病人：啊啊啊啊啊。

男病人：啊啊啊啊啊。

眾病人、攝影師和燈光師：啊啊啊啊啊。

《道可道》戲劇劇本

【沉默。眾病人陷入呆滯中。醫生甩鞭子，眾病人開始行動，但一種悲劇氣氛逐漸蔓延整個舞臺。其他病人從旁聽席上走過來，扮演起聽道的信徒們。】

可名：你到了教堂，開始了布道，這是你正常的工作，臺下坐滿了教徒……你講到了上帝的愛和聖母的愛，你講到了聖母對耶穌的愛，第一排有個虔誠的信徒，她懷裡抱著吃奶的嬰兒。母親一臉安詳，嬰兒邊吃奶邊望著講臺布道的你，嬰兒的小雞雞正對著你，突然在你面前撒尿。他邊撒尿邊吸奶邊挑釁的望著你……

【女病人撩起胸前衣服，花鸚鵡放開吳道，吳道倒地。花鸚鵡跪著爬到女病人面前，男病人推開花鸚鵡，他跪在女病人面前。】

女病人：啊啊啊啊啊。

男病人：啊啊啊啊啊。

眾病人、攝影師和燈光師：啊啊啊啊啊。

【沉默。眾人陷入呆滯中。醫生甩鞭子，眾人開始行動。】

可名：教堂左側掛著一幅宗教畫，你指著聖母抱著小耶穌的畫像，向聽眾講解起來……可愛的小耶穌正躺在聖母的懷裡，一邊吃奶一邊抬頭看自己的母親，他們的臉上掛著幸福的表情。他們是幸福的一對，根本不需要外人的摻合，外人也摻合不進去。

【男病人跪在女病人面前，頭撲在她懷裡。花鸚鵡也跪在女病人面前，她抬腿踢開花鸚鵡。】

花鸚鵡：啊！

女病人：啊啊啊啊啊。

男病人：啊啊啊啊啊。

眾病人、攝影師和燈光帥：啊啊啊啊啊。

【沉默。眾人陷入呆滯中。醫生甩鞭子,眾人開始行動。】

可名:你明白了。小耶穌一會兒就餓了一會兒就要吃奶,一會兒他就要噙住聖母的乳頭,聖母的乳汁一會兒就要流到耶穌的嘴裡。聽眾聽得津津有味,你突然停了下來,沉默在那裡,再也說不出話來。聽眾吃驚的愣在那裡,打瞌睡的教徒也醒了,睜著惺忪的大眼睛,疑惑的望著四周。你想起了剛才的那一幕,剛才床上的那一幕,母親抱著兒子,兒子親吻著母親的乳頭……你待在沉默中,教徒等了好久,你的助手輕輕拍你的肩膀,小聲的提醒你。你從沉默中反應過來,你講了很多很多話,很多聽眾紛紛離席,因為那些汙垢的話語在侮辱神靈。助手拍了拍你,你才從恍惚中醒來。你才明白自己剛才講了很多很不得體的話。你對著聽眾抱歉的笑了笑,接著你離開了教堂,聽眾們氣壞了,他們說你被魔鬼附體了……

花鸚鵡:嗷嗷嗷嗷。

女病人:嗷嗷嗷嗷。

眾病人、攝影師和燈光師:嗷嗷嗷嗷。

【沉默。眾人陷入呆滯中。醫生甩鞭子,眾人開始行動,吳道盯著可名看。】

可名:你躺在草叢裡,晚上盯著頭頂的星空,白天則盯著地上的螞蟻和老鼠,你聽著母貓的叫春聲,聽到烏鴉的呱呱叫聲,你再也沒有說一句話。你在草叢裡躺了三天三夜,直到你的家人 —— 也就是你的妻子和兒子 —— 找到你,然後,然後又把你送到了這裡……這就是一切的經過。這就是我調查的結果。(醫生、男人和病人長時間的掌聲)你說,我說的對不對?(沉默)如果我說的不對,你可以反駁。

【吳道沉默不語。】

醫生:可名,我知道你會說得很好,但我沒想到你會說得如此之好,這實在大大超出我的意料。事實上,你在這方面很有天份。我都忍不住想要把

《道可道》戲劇劇本

你留在這裡，因為根據規定，如果你透過了這次考核，你就能擺脫病人的身分……但現在根據程序，我們必須要來聽聽吳道的申訴，如果他提出了不同的解釋，則你們必須展開辯論，就像法庭中的原告和被告那樣辯論。但這就要求吳道開口說話，放棄沉默。吳道，你願意嗎？（吳道沉默。沉默）吳道，可名說的一切都是真實的嗎？（吳道沉默。沉默）如果不實，你可以開口反駁他，如果你不開口，則就意味著可名所說的一切都是真實的。你願意開口嗎？

　　花鸚鵡：願意！

【醫生抽花鸚鵡一鞭子。】

　　醫生：輪不到你說話。

　　花鸚鵡：噢。

　　女病人：啊啊啊啊啊。

　　男病人：啊啊啊啊啊。

　　眾病人、攝影師和燈光師：啊啊啊啊啊。

【沉默。眾人陷入呆滯中。醫生甩鞭子，眾人開始行動，吳道坐在地上。】

　　醫生：不管你說的是「是」還是「不是」，只要你開口，都意味著你獲勝，你明白嗎？……

　　花鸚鵡：（小聲）開口啊，笨蛋！

【醫生抽花鸚鵡一鞭子。】

　　醫生：你給我閉嘴！

　　花鸚鵡：噢。

　　女病人：啊啊啊啊啊。

　　男病人：啊啊啊啊啊。

　　眾病人、攝影師和燈光師：啊啊啊啊啊。

【沉默。眾人陷入呆滯中。醫生甩鞭子，眾人開始行動。吳道盯著可名一直到結尾。】

醫生：只要你開口，你就不再是病人，就能獲得自由，甚至成為醫生，而我們的可名就要當病人繼續留在籠子裡，也就是說，在你和可名之間，只有一個人獲得自由……

花鸚鵡：啊。

女病人：啊啊啊啊啊。

男病人：啊啊啊啊啊。

眾病人、攝影師和燈光師：啊啊啊啊啊。

【沉默。眾人陷入呆滯中。醫生甩鞭子，眾人開始行動。】

醫生：明白了，吳道，只要你開口你就能獲得自由，在廣大的世界中自由奔跑。你不願意嗎？（沉默）要是你再不開口說話，你將喪失你最後辯駁的機會，依照帝國的法律，你將被判處火刑，你明白嗎？吳道，你將作為精神病患者被燒死在廣場上，你明白嗎？（吳道沉默。沉默）

花鸚鵡：啊啊啊。

女病人：啊啊啊啊啊。

男病人：啊啊啊啊啊。

眾病人、攝影師和燈光師：啊啊啊啊啊。

【沉默。眾人陷入呆滯中。醫生甩鞭子，眾人開始行動。】

醫生：給你最後的機會，我數到十，要是你還不開口說話，你將再也沒有機會開口了。一，二，三，四，五，六，七，八，九，十……好，你將再也沒有機會開口了。我宣布判處吳道火刑，三天後執行！現在，給你穿上衣服吧。

花鸚鵡：遵命！

《道可道》戲劇劇本

【花鸚鵡脫下自己的翅膀，給吳道穿上。吳道長出兩隻翅膀，看起來就像天使，翅膀垂在地上的沉默天使。吳道被關在一個黑色的籠子裡。眾病人抬頭望天，狂躁的呼喊。】

　　女病人：啊啊啊啊啊。

　　男病人：啊啊啊啊啊。

　　眾病人、攝影師和燈光師：啊啊啊啊啊。

【沉默。眾人陷入呆滯中。醫生甩鞭子，眾人開始行動。】

　　醫生：你很頑固，在生命和沉默之間，你寧願選擇沉默，也就是說你選擇了死亡。如果你真的喜歡沉默，那我要說你很聰明，死亡是沉默永久的家園。在沉默中你會得到永恆。永恆的沉默，沉默的永恆。

　　女病人：啊啊啊啊啊。

　　男病人：啊啊啊啊啊。

　　眾病人、攝影師和燈光師：啊啊啊啊啊。

【沉默。眾人陷入呆滯中。醫生甩鞭子，眾人開始行動。花鸚鵡穿起病人的服裝。】

　　醫生：可名，祝賀你最後取得成功，甚至可以說是巨大的成功！因為你的優異表現，你被吸收成為精神病醫院的醫生，我們的第三十一位醫生！

【花鸚鵡、男病人等人對可名祝賀。男病人給他穿上了醫生的服裝。】

　　可名：謝謝，謝謝！

　　醫生：但是可名醫生，作為你的前輩，我有必要提醒你不要太高興了，如果太高興了，天神也會動怒的！

　　可名：我明白……

　　醫生：我只能說你太幸運了，幸運得超乎想像。就像童話中說的那樣，

你只是個窮小子，最後卻贏得了城堡和美人……你講了很多吳道的生活，但我們根本不知道那些是真那些是假，那些是半真半假，那些是七分真三分假，那些是三分真七分假。即使你講的都是真的，但我們依舊無法判斷吳道所看到的母子亂倫情景是真實發生的，還是只是他幻視中所看到的。我們無法判斷，我們不知道真實。我們唯一知道的真實就是，我們並不知道真實。這就是我唯一能得出的結論……我們根本無法判斷這一切……

女病人：啊啊啊啊啊。

男病人：啊啊啊啊啊。

眾病人、攝影師和燈光師：啊啊啊啊啊。

【沉默。眾人陷入呆滯中。醫生甩鞭子，眾人開始行動。醫生情緒逐漸激動起來。】

醫生：在一個瘋狂的世界裡，我們怎麼知道什麼是真什麼是假？……我只能說你太幸運了，我只能說你遇到了一個最弱的對手，他根本就沒做任何反抗，也許他根本不屑於反抗，也許他很願意你獲勝甚至不惜犧牲掉他自己，就像那隻一頭撞死在大樹上的兔子一樣，他那樣做不是因為他傻，只是因為他不想讓獵人餓死……

女病人：啊啊啊啊啊。

男病人：啊啊啊啊啊。

眾病人、攝影師和燈光師：啊啊啊啊啊。

【沉默。眾人陷入呆滯中。醫生甩鞭子，眾人開始行動。醫生情緒更加激動。】

醫生：他也許愛你，就像父親愛一個兒子一樣愛你，不，甚至超過一個父親對兒子的愛。（哭）不，他也許根本就不愛你，也許他根本喪失了自我意識。也許他天生就是個啞巴。不，不，我們誰也說不清楚這些。（大哭）我無法判斷這是不是愛。也許他並不愛你，他只想早日死去，他有向死的決

《道可道》戲劇劇本

心……天神啊，救救我們，救救黑暗中的人！

　　女病人：啊啊啊啊啊。

　　男病人：啊啊啊啊啊。

　　眾病人、攝影師和燈光師：啊啊啊啊啊。

【沉默。眾人陷入呆滯中。醫生甩鞭子，眾人開始行動。】

　　醫生：（冷冰冰的）至於你，花鸚鵡，你因為有功你可以脫掉鸚鵡服裝，前進一步成為病人！

　　花鸚鵡：耶！耶！

　　醫生：你的職責是看守女病人，她還要關在這裡三天。三天裡，你要密切觀察她，記錄她的一言一行，要是你能挖出她心靈深處更多的隱私，你將和可名一樣，不但能獲得自由還能成為醫生，精神病醫院的主治醫生！你願意嗎？

　　花鸚鵡：願意，我願意！

　　醫生：好了，現在鎖上籠子的門吧。

【男病人扛起女病人，把她放在籠子裡，男病人出來。女病人像木偶人一樣呆滯的立在那裡。花鸚鵡要鎖門，可名走過去，奪下花鸚鵡手裡的鎖。花鸚鵡不情願，可名打花鸚鵡，花鸚鵡抱頭鼠竄。可名鎖上了籠子上的門。吳道耷拉著翅膀，他和可名對視。籠子轉動起來。沉默。鐘聲。女病人毫無感情的叫了幾聲，眾人也跟著回應了一下，不帶任何情感色彩。】

　　女病人：啊啊啊啊啊。

　　男病人：啊啊啊啊啊。

　　眾病人、攝影師和燈光師：啊啊啊啊啊。

【沉默。眾人陷入呆滯中。籠子停了下來。醫生甩鞭子，眾人開始行動。】

醫生：好了，朋友們。終於要到說再見的時候了，這是個冗長、拖沓而沉悶的戲，除了沉默，它毫無道理。您坐了那麼長時間，真的是個奇蹟。我在這裡向您表示感謝之餘，還要誠摯邀請您去我們精神病醫院去做客。放心，你會是我們最可心的客人，我們會給你最周到的服務。你完全沒有必要感到悲痛，完全沒有必要！您要記住，一切的一切都只是個遊戲，一場夢，一個演出，完全不必當真……明天夢醒後你依然不是你，我依然不是我……謝謝！歡迎去醫院做客。我們真的要離開了。

【他們離開。籠子裡的吳道一直盯著可名的背影，籠子開始轉起來。】

　　吳道：可名——

【可名呆住。沉默。】

　　吳道：可名——

【可名回頭盯著他。籠子轉動加速。】

　　吳道：可名，三十歲生日快樂！

　　女病人：哈哈哈哈……

【可名看著吳道。沉默。沉默中女病人的笑聲，可名轉身離開。一片黑暗。燈光照在吳道身上，黑色的籠子轉得飛快。】

　　吳道：可名，可名，可名——

　　女病人：哈哈哈哈……

【燈滅。】

第一稿完成於 2009 年五月初七

第二稿修改於 2009 年 11 月 3 日星期二 13：10 分

《魯迅在 S 會館》戲劇劇本

《魯迅在 S 會館》戲劇劇本

《魯迅在 S 會館》戲劇劇本

背景介紹

　　1916 年，在魯迅還沒成名，是其極其黑暗和壓抑的時期。因為袁世凱竊取了辛亥革命的果實，魯迅的政治夢想破滅；因為對母親安排的包辦婚姻極其不滿，對傳統妻子朱安極其不滿，所以魯迅在好友的幫助下，來到了北京，但生活和情感都極其壓抑和苦悶，有傳聞說魯迅有自殺的想法。

　　這一段時期對於魯迅精神的成長極其關鍵，是魯迅的「沉默」時期。正如他所言，「不在沉默中爆發，就在沉默中死亡。」這是魯迅積蓄力量時期。

　　這一時期也是魯迅研究的空白時期。本劇用一個夢的形式，來深入探究魯迅的精神世界，探究他深深的自我懷疑和靈魂拷問的精神世界。

　　我想用夢境和詩意的方式，來探討探討的是「魯迅是如何成為魯迅的」。

劇情簡介

　　本劇不是現實主義故事，而是夢劇，而是採用夢境和歌隊的形式，深入的進入魯迅「黑暗和沉默」時期的精神世界。

　　這是一場夢，周樹人先生在 S 會館做的一場夢。

　　1916 年的一個冬夜，周樹人在 S 會館的槐樹下，獨自飲酒，他趕走了一隻叫春的貓，然後一個美女蛇出現，她問周樹人的名字，周樹人被她戳中心事，說出了自己的名字，美女蛇答應周樹人，晚上出現，吸走他的心⋯⋯

　　骷髏、男吊和女吊等相繼出現，他們質問周樹人為什麼要捨棄自己的性命。周樹人回憶自己從小到大的故事，歌隊講述他顛簸流離的生活和憂國憂民的素養⋯⋯

　　然後，一隻蝸牛出現，她變成了朱安，她來找周樹人是因為「他們都是一個人，孤單的一個人」，朱安變成周樹人理想中的愛人，他們跳舞，舉辦婚禮⋯⋯

　　夢中的愛情讓人沉醉，夢中的親吻讓人不想醒來⋯⋯

　　但朱安要的更多，她要現實中也和周樹人做夫妻，在驚恐中，周樹人離開她，美女蛇、男吊和女吊爭奪周樹人，夢中的朱安為了救周樹人死去⋯⋯

　　周樹人繼續奔跑，他想要逃避自己的命運，但總有一些人物緊緊糾纏著他不放⋯⋯周樹人終於開始面對自己內心的黑暗，接受自己的命運⋯⋯

《魯迅在S會館》戲劇劇本

時間：1916年秋冬交替的某個夜晚
地點：S會館的補樹書屋院內
主要人物：

      周樹人

      朱安

      美女蛇

      影子/骷髏

      男吊

      女吊

      壁虎

      范愛農

      周樹人父親

      少年周樹人

      阿Q

      九斤老太

      祥林嫂

      狂人

      孔乙己

      歌隊等

第一場　美女蛇

【1916 年秋冬交替的某個夜晚。S 會館的補樹書屋院內，有一棵槐樹。整個院子像座監獄，有封閉壓抑之感。院子的牆壁很高，就像個深坑，人在院中就如陷入深坑，極難爬出來。青色的天空上掛著一輪尖月，冷冷如鐮刀。天空中有幾顆星星，如鬼眼一樣眨動。槐樹上的樹葉已經被冷風吹掉，枝椏凌厲如劍，上有一些槐樹蟲，從樹上吐絲掛下來，在空中搖盪。槐樹蟲有著古怪的臉孔，就像戲曲中鬼臉，且裝扮不一，有女鬼，有吊死鬼，有跌死鬼、虎傷鬼，客場鬼，無常鬼等，不一而足。

【院子裡有石桌一個，石凳兩個，石桌上擺著酒壺、酒杯和古碑的鈔本，角落裡放著一竹竿。開場時，周樹人站在院中，抬頭望著青天空。周樹人穿著黑色的長衫，滿臉頹廢，年約三十六歲，微醺。周樹人長嘆一聲。

【屋頂傳來貓叫的聲音。周樹人望了望屋頂，然後坐在石凳上，開始鈔古碑的鈔本。周樹人倒酒。一隻貓輕輕的走上舞臺，她觀察著周樹人。周樹人看到貓，兩人對視。停頓。貓叫春。周樹人放下手中的筆。】

　　周樹人：去，去──

【貓繼續叫春。周樹人站起來，趕貓，兩人在舞臺上追逐。貓邊叫邊逃，又似乎對周樹人做著性的挑逗，貓躲在黑影中。周樹人飲酒，繼續鈔古碑的鈔本。貓露出腦袋，繼續叫春。】

　　周樹人：去，去──

【貓叫春聲音更大。周樹人把酒杯擲向叫春的貓。】

　　周樹人：去──

【貓跳出來，帶著挑釁，叫春的聲音更大。貓圍著周樹人叫春，周樹人和貓追逐，貓戲弄周樹人。周樹人抓起地上的竹竿，用力的朝貓身上捅去。貓慘

《魯迅在S會館》戲劇劇本

叫著跑到舞臺口，貓叫春的聲音變大。周樹人撿起地上的小石塊向遠處的貓投去。】

　　周樹人：去，去──

【貓叫春的聲音遠去，慢慢消失。停頓。無邊的靜寂。生命是多麼虛空啊。一致怪鳥叫了一聲，然後從槐樹上飛走了。舞臺上的槐樹轉動起來，上面掛的槐樹蟲也轉起來。】

　　周樹人：唉。

【宇宙中再沒有第二個人。周樹人舉起酒壺痛飲起來。酒壺空，周樹人把酒壺扔在桌子上，踉蹌的走著，倒在地上。】

　　周樹人：唉──

【牆外有美女蛇的相合嘆聲。】

　　美女蛇：（聲音）唉──

　　周樹人：靈臺無計逃神矢，風雨如磐闇故園……

【牆壁上出現一個漂亮美女蛇的臉孔。】

　　美女蛇：寄意寒星荃不察……

　　周樹人：哈哈哈……

　　美女蛇：我以我血薦軒轅……

　　周樹人：哈哈哈，我以我血薦軒轅……

　　美女蛇：魯迅，魯迅──

【周樹人抬頭看美女蛇的臉。美女蛇的臉消失不見。】

　　周樹人：魯迅？

【美女蛇上場，她有著蛇的身軀，嘴裡含著兩顆毒牙。】

　　美女蛇：魯迅，魯迅──

【周樹人坐起來。呆望著美女蛇和她蛇的身軀。在這一場中，美女蛇一直接近周樹人，想用柔軟的身軀纏住周樹人，剛開始周樹人如高手打太極拳，很自然的躲開，後來卻放棄了躲避，兩人纏綿中帶著性的暗示和死亡的歡喜。】

美女蛇：人家在叫你的名字嘛。

周樹人：噢？

美女蛇：魯迅，魯迅——

周樹人：噢？

美女蛇：你為什麼不答應？

周樹人：為什麼我要答應你？

美女蛇：你不覺得我美嗎？

周樹人：和我有鳥關係。（爬起來）

美女蛇：哎呀，人家叫你名字，你答應就好了嘛。魯迅，魯迅——

周樹人：哼，這不是我名字。

美女蛇：怎麼會？這就是你名字！

周樹人：我有過很多名字，小時候叫樟壽，娘娘叫我阿張，後來叫過豫山，豫材，夏劍生、庚辰、豫樹、索子、索士……可是我從不叫魯迅。

美女蛇：你從不叫魯迅？

周樹人：我不是魯迅，正如你不是女人。

美女蛇：哈，我怎麼不是女人？

周樹人：如果沒有那兩顆大牙，我一定不會認出你……

美女蛇：你好壞，竟敢取笑我，人家會害羞的，哈哈哈……

周樹人：如果你會害羞，那麼老虎也會慈悲！

美女蛇：你，哈哈哈……

周樹人：哈哈哈……

《魯迅在 S 會館》戲劇劇本

美女蛇：對了，你剛才嘰裡呱啦說了那麼多，人家該叫你哪一個好呢？

周樹人：隨你便。

美女蛇：樟壽？

周樹人：不。

美女蛇：阿章？

周樹人：不。

美女蛇：戛劍生？庚辰？豫樹？索子？

周樹人：不不不不。

美女蛇：你為什麼不答應？

周樹人：我為什麼要答應？

美女蛇：人家叫你名字，至少出於禮貌，你也該應一下。

周樹人：這些不是我現在的名字。

美女蛇：你現在叫什麼名字？

周樹人：我們素不相識，你幹麼要叫我的名字？

美女蛇：人家喜歡嘛。哎呀，你怎麼這麼不好玩啊？

周樹人：我本就不是好玩的人。

美女蛇：說嘛，告訴人家你現在的名字嘛。

周樹人：為什麼你一定要知道我名字？

美女蛇：人家想多了解你嘛⋯⋯

周樹人：哼，怕不這麼簡單吧。我不憚以最壞的動機來揣測中國人，況且，你還不是人⋯⋯

美女蛇：你，你說什麼啊？

周樹人：你有蛇的身軀，還怎麼敢自稱是人？

美女蛇：哼，很多人空有人的身軀，卻是蛇的心腸。

周樹人：哈，有趣有趣，沒想到你倒說出幾句俏皮話。

美女蛇：我還可以多說幾句俏皮話，只要你說出你現在的名字，只要人家叫你名字時你應一聲「哎——」……

周樹人：然後半夜你就可以跑來吃掉我的心。

【在魯迅作品《從百草園到三味書屋》裡，提到一個浙江民間的傳說：美女蛇常常在牆上露出一張漂亮的臉孔，然後叫人的名字，如果對方答應一聲，美女蛇就會半夜前來吃掉這個人的心。】

美女蛇：你，你怎麼知道？

周樹人：看到你第一眼時，我就知道你是誰。

美女蛇：我是誰？

周樹人：美女蛇。

美女蛇：哈哈……

周樹人：人首蛇身的怪物，能喚人名，倘一答應，夜間便要來吃此人的心。

美女蛇：哈，你很聰明，竟然知道我的來歷……這是我萬萬沒想到的。你比很多人都要聰明。可是您為什麼就忘了那樣一句話呢？聰明反被聰明誤。您要知道，聰明是一劑美味的毒藥，它讓您看清了世間萬象，可又讓你孤苦伶仃……魯迅，瞧瞧您的一生，您在日本留過學，為了驚醒沉睡國民的靈魂，甚至想著犧牲掉自己的生命，您可真是熱血青年啊！可是您為什麼就認不清現實呢？這個世界根本不需要您的這種犧牲。有你沒你都一樣，沒你這個世界還更清淨呢。哈哈，今朝有酒今朝醉。可憐的人，人們只想追求身體的快樂金錢的滿足，只想在權力和欲望的遊戲中沉淪。瞧，您多聰明啊，你的聰明給你帶來什麼好處？你竟然想要放棄身體的享受和生命的歡樂，您是苦行僧，受難者，您彷彿在對周圍的世界說：「瞧，我多苦啊，我為了文

《魯迅在 S 會館》戲劇劇本

藝救國的理想，我為了改造國民的精神，我在忍受一切苦難！」可是今天，周圍的世界卻要透過我的嘴向您說出他的意願：「我不需要你，這個世界根本無法改變，不管你做出多少努力，最終結果還是和現在一樣，甚至比現在更糟糕！你懂嗎？我不需要任何人的犧牲，更不需要你的任何努力。你的努力讓我看到自身的骯髒，如果不是你，我還不知道我是這麼醜陋。所以，我痛恨你這個所謂的殉道者，我想要你死，想要你死！你一定要給我死，給我死 —— 」

　　周樹人：哈哈哈哈，這就是真實世界的心聲！

　　美女蛇：「沒錯沒錯，這就是我的心聲，透過美女蛇的嘴 —— 我要感謝她 —— 我終於向你表達了我的心願 —— 我不需要你，過去不需要你，現在不需要你，未來更不需要你！」

　　周樹人：哈哈哈哈……

【周樹人最後悲泣的哭起來。】

　　美女蛇：瞧，魯迅，您活得可真夠苦逼的，你在日本留學七年，不管怎麼說，你可都算是海龜，瞧你現在混的？只是北洋政府教育部的一個芝麻大的小官，沒有任何實權，連撈一點油水都不能！

【一個小腳女人上場，她是朱安。】

　　朱安：官人，官人，官人……

　　美女蛇：再說你的家庭吧，不管怎麼說，你都算是受過高等教育的人，學貫中西，才高八斗，可是你的妻子呢，斗大的字不識一個，長得醜也就罷了，可那一雙三寸金蓮的小腳，走路總是扭啊扭的，就像一隻蝸牛在爬啊爬……

　　周樹人：別說了，別說了 ——

　　朱安：官人，官人……

【朱安慢慢下場。】

美女蛇：呵呵，魯迅，我不是故意刺激你的。我只是想告訴你，你做的任何努力都沒有用，瞧，您現在一個人在北平孤零零的生活，您成了煢煢孑立形影相弔的孤寡野漢子，這就是您聰明的後果……不過話說回來了，您這麼聰明，應該明白死亡中會有大歡喜。是啊，魯迅，你不是一直想著要把脖子伸進繩套把自己吊起來嗎？可那樣不是很醜嗎？你的舌頭伸得老長，屎尿順著大腿流到小腿滴在地上，就連收屍的人都會掩鼻咒罵您沒得好死。來，聰明人，來呀，來到我的懷抱裡，這裡有大歡喜……

　　周樹人：周樹人……

　　美女蛇：什麼？

　　周樹人：周樹人，浙江紹興人……

　　美女蛇：你叫周樹人？

　　周樹人：……生於 1881 年 9 月 25 日……

　　美女蛇：周樹人？

　　周樹人：哎。

　　美女蛇：哈哈，你答應了，你答應了。

　　周樹人：我答應了。（喝酒）

　　美女蛇：你為什麼要說你的名字？（停頓）我叫你名字時你為什麼又要答應？（停頓。怪鳥的叫聲。）

　　美女蛇：你想讓我吃了你的心，還是你喜歡我？

　　周樹人：蛇女士，你該走了。

　　美女蛇：你真的喜歡我？我比你夫人漂亮。

　　朱安：官人，官人……

【朱安上場。】

　　周樹人：晚上見。

《魯迅在S會館》戲劇劇本

美女蛇：我們很快就會再見，周樹人……

周樹人：好的，美女蛇朋友。

美女蛇：朋友？哈哈，不錯，人類是我們的朋友，朋友之間總是互惠互利，互相幫助。你需要我的毒牙，我需要你的心。我知道，周樹人，你很寂寞，寂寞得恨不得死去……

【美女蛇纏住周樹人。朱安朝著周樹人走來，周樹人躲避。】

朱安：官人，官人，官人……

周樹人：這寂寞又一天一天的長大起來，如大毒蛇，纏住了我的靈魂……

美女蛇：魯迅，不，我該叫你周樹人，你需要我，所以我才會出現。你知道，即使蛇也是有尊嚴的，她很害怕被人拒絕。可是你就不同了，我知道，你需要我，強烈的需要我來吃掉你的心。所以我就來了。

周樹人：謝謝你，朋友。（他們一起乾杯喝酒）

美女蛇：我很知心，不是嗎？

周樹人：沒錯，像你這樣知心的朋友我還沒有遇到。（接吻）

朱安：我只是一隻蝸牛，爬啊爬，終究有一天，能爬到先生面前……

美女蛇：哈哈哈，我親愛的朋友，你且放心，我一定全力滿足你的要求……你的心那麼寂寞，沒有一個人懂得，只有我，只有我才知道你內心的寂寞比秋天草原上的荒草還要深。所以把你的心給我吧，它對你並無好處，除了增添你的苦痛，讓你看到滿身的創傷，完全沒有別的好處。你只想睡去……

周樹人：沉沉睡去，睡在泥土中，像一株被人踐踏凌辱的野草。

美女蛇：可是你是我的蠶寶寶，只該躲在我給你編織的蠶繭裡睡去……

周樹人：所以我們是很公平的交換。

朱安：我是一隻蝸牛，爬啊爬，終究能爬到先生面前。

美女蛇：沒錯，我會帶你升天堂。

周樹人：有我所不樂意的在天堂裡。

朱安：我不願去。

美女蛇：我帶你墜地獄。

周樹人：有我所不樂意的在地獄裡。

朱安：我不願去。

美女蛇：我帶你進入黃金世界。

周樹人：有我所不樂意的在黃金世界裡。

朱安：我不願去。

美女蛇：我帶你進入黑暗和虛空中……

周樹人：妙哉，妙哉，我願意只是黑暗，只是虛空。

朱安：我不願去。

周樹人：只有我被黑暗和虛空沉沒，那世界全屬於我自己……

美女蛇：哈哈哈，一言為定，周樹人。

周樹人：一言為定，美女蛇。（朱安做出蟋蟀的叫聲）

美女蛇：朋友，你不知道聽到你的話，我有多高興。這是多麼美好的夜晚，聽到蟋蟀的叫聲，宛如西天青鳥的歌聲。如果現在就能吃掉你的一顆心，紅鮮鮮，撲騰騰，熱辣辣，香噴噴，我一定說我是幸福的。可是我還要等待，等待讓最後的殺戮充滿詩意。正如床上的那些事情……

周樹人：哈哈哈……

【朱安變成貓，叫春，她在舞臺上游弋。】

美女蛇：等待讓下一刻變得更甜美。過早的結束會讓一切變得毫無趣味。需要更多的延宕，更多的等待，只有這樣，最後的高潮才會更加猛烈。我能感覺到我很幸福，卻要變得更幸福，這一秒鐘要比上一秒鐘更幸福，下一秒鐘要比這一秒鐘更幸福。對，更幸福……

周樹人：幸福得我現在都禁不住想要死去？

【朱安下場。】

美女蛇：哈哈哈，樹人兄，你也要學會等待，雖然我和你同樣急不可待，可是現在還不是時候。哈哈哈，我說太多話了，一定惹得你厭煩了。（停頓）人貴有自知之明，哈，對我們蛇來說，更是如此。一會兒見，周樹人先生。

周樹人：一會兒見，美女蛇女士。

美女蛇：對了，樹人先生，你不會想著要逃跑吧？

周樹人：天地之大，沒有我容身之處。

美女蛇：哈哈哈，你知道就好。周樹人先生，那就一會兒見啦。

周樹人：一會兒見，朋友。

【美女蛇下。】

第二場　影子

【一座古代將軍的墓碑出現在舞臺上，墓碑上的碑文正是周樹人鈔寫的碑文。帶著面具的影子上。】

影子：你太莽撞了，朋友。

周樹人：我不以為我們是朋友。

影子：我們一直是朋友。

周樹人：那好，再見，朋友。

影子：可是我們還沒說住話呢。

周樹人：我不喜歡陰險的人。

影子：我不陰險……

周樹人：你戴著面具。

影子：我答應你合適時會摘下面具。

周樹人：等你摘下面具時我們再聊。

【影子摘掉面具，他的臉孔是骷髏。】

周樹人：哦，是你啊。

影子：不錯，是我。生命是一場狂歡的盛宴，就像骷髏在華麗的舞場跳著舞。

周樹人：但這和我有什麼關係？

影子：我只是匆匆的寂寞過客，我擁有的只是那身骷髏。

【周樹人倒在地上繼續睡覺。】

影子：等等，你臉上有妖氣。

周樹人：不好意思，被你看出來了。

影子：剛才你實在不該說出名字。

周樹人：和足下有什麼關係？

影子：你會死去。

周樹人：誰又不死？

影子：她會吃了你的心！

周樹人：我將大笑，我將歌唱。

影子：嗚呼哀哉，徹底沒治了。

周樹人：爛到肺裡去了。

影子：朋友……

周樹人：我們不是朋友……

影子：送給你一樣東西。（遞給周樹人一個小盒子。）

周樹人：這是什麼？

影子：把它放在你的枕邊，無論什麼怪物來，都可高枕無憂。

《魯迅在 S 會館》戲劇劇本

周樹人：謝謝你。（把盒子扔在牆外）

影子：你，你做什麼？你知不知道這是千年難遇的寶物，失去再不能尋來。

周樹人：來來來，來來都是一場空；去去去，來去一場空歡喜。

影子：你丟了我的飛蜈蚣，我，我再也不想理你了。

周樹人：那麼再見。

影子：可該說再見的是我。

周樹人：好好好，請你說再見。

影子：你……（停頓，怪鳥的叫聲）你聽好了，魯迅……

周樹人：我不叫魯迅。

影子：你一定會成為魯迅……

周樹人：什麼時候？

影子：不久的將來。

周樹人：等不及了，我要睡去……

影子：不，請等一下……

周樹人：等待讓下一秒鐘變得不堪忍受……去吧，你去吧……

影子：你，你……哼，我說完自己的話，自然會去。

周樹人：說完，快快說完。（喝酒）

影子：聽好了，你聽好了……

周樹人：說，快說——

影子：（清嗓子，舞臺腔）朋友，我不願跟隨你了，我不願住……

周樹人：我很高興你這樣說。

影子：（舞臺腔）我要離開你，我要去天堂，我要去地獄，我要去黃金世界！

周樹人：祝你幸福，願你長壽！

影子：（舞臺腔）嗚乎嗚乎，我不願意，我不如徬徨於無地。我不願意……

周樹人：哈哈，所以你想現在死去？

影子：現在死去？為什麼要死去？

周樹人：人都是要死的，就連出生的嬰兒將來也是要死的。

影子：可是我要活，活下去，無論深陷什麼樣的地獄中，我都想要活下去……

周樹人：那麼再見。

影子：我不明白……

周樹人：你該走了，該走了，懂嗎？你打攪我的睡覺多時了！

影子：我不明白。（停頓）我不明白你為什麼想要死去。

周樹人：所有人都要死去。

影子：這不是你要死的理由。

周樹人：哎，解脫掉臭皮囊，將有大歡喜。

影子：等一等……

周樹人：噓，別說話，瞧，他們上場了……

第三場　往事

【燈光變幻。舞臺進入另一個時空。一群人鬼魅般上場，蒼白的臉孔上沒有表情，悄無聲息。他們用鬼魅的氛圍，起著歌隊的作用。他們做各種動作，表演臺詞中所提到的事件和情緒。少年周樹人上，他表演周樹人五歲到三十歲的故事。】

影子：周樹人，男，1981 年農曆 8 月初三生於浙江紹興，他和「灶司菩薩」同生日……

《魯迅在 S 會館》戲劇劇本

周樹人：而且我出生的那年是閏年，生出來時胎包材質很薄，紹興人稱作「蓑衣包」……

歌隊甲：閏年生的人，又是「蓑衣包」，而且又和菩薩同日生的孩子，是很少的……

歌隊乙：這樣的孩子，將來一定有出息；不過，就怕難以養大……

影子：所以周樹人一出生，家人就趕緊給他去菩薩那裡去「報名」，說他是出家人了，不再是人家的嬌兒，免得鬼神妒忌，要想法子奪去。

歌隊甲：家人還是不放心，又把他抱到寺裡拜和尚為師，表示他已經出家做了小和尚……

周樹人：父親周伯夷，讀書人，曾中過秀才，母親姓魯，名瑞，娘家在紹興鄉下，透過自修能夠看書識字。

少年周樹人：我下面還有二弟周作人、三弟周建人和四弟周椿壽。四弟六歲時因病亡故。

影子：周樹人的祖父是翰林出身，曾經擔任過知縣，後來在北京擔任內閣中書，家道殷實。

【歌隊的人做各種動作，對少年周樹人打招呼，百般寵愛。幾個人在打牌。】

甲：圓餅！

乙：九條！

丙：發財！

甲：你幾歲了？

少年周樹人：我五歲了。

乙：你喜歡哪一個贏牌？

少年周樹人：我喜歡大家都贏！

【眾人笑】

甲：好聰明的孩子，將來肯定有出息。

影子：周樹人十三歲時，祖父因為科場考試行賄，被關在監獄裡，等候斬落。父親秀才的名號也被革除。

周樹人：本來身體就不好的父親，深受打擊，病情更加嚴重了。

影子：為了救助關在監獄裡的祖父，為了給父親治病，周家花費大量的錢財，家道中落了。作為長子，一大家子生活的重擔就落在母親魯瑞和少年周樹人身上。

周樹人：我有四年多，曾經常常 —— 幾乎是每天，出入於當鋪和藥局裡……藥局的櫃檯正和我一樣高，當鋪的是比我高一倍……

【少年周樹人把一包衣服舉著放在一倍高的當鋪的櫃檯上。】

當鋪夥計：死當還是活當？

少年周樹人：死當。

當鋪夥計：（拔動算盤）喏 ——（小聲）窮鬼！

【夥計把兩個銀元扔在當鋪上，有一個銀元滾在地上，少年周樹人彎腰去撿。當鋪夥計對他指指點點，哈哈大笑。】

周樹人：我從一倍高的櫃檯外送上衣服或首飾去，在侮蔑裡接了錢，再到一樣高的櫃檯上給我久病的父親去買藥。

【歌隊中的人們扮演著以上的場景。】

醫生：這是藥引，切記切記：河邊的蘆根，經霜三年的甘蔗，蟋蟀一對，要原配，即本在一巢中者……

周樹人：哈，蟋蟀也要貞節，續弦或者再嫁，連做藥引的資格也沒有！

影子：在十六歲時，周樹人的父親病情加重……

歌隊甲：哎呀，你父親要斷氣了。快叫呀！

《魯迅在 S 會館》戲劇劇本

少年周樹人：父親，父親！

歌隊乙：大聲！他聽不見，還不快叫！

少年周樹人：父親，父親！！

【歌隊有人扮演周樹人父親，他微微的睜開眼睛。】

歌隊丙：叫啊，快叫啊！

歌隊乙：叫呀！快叫呀！

少年周樹人：父親！！！

周父：什麼呢？……不要嚷。……不……。

少年周樹人：父親！！！

【送葬的音樂。歌隊抬著周樹人父親的屍體穿過舞臺。他們在舞臺上撒紙錢。】

少年周樹人：（輕聲的嗚咽）父親……

【影子在他頭上纏上孝布。】

周樹人：有誰從小康人家而墜入困頓的麼，我以為在這途中，大概可以看出世人的真面目。

少年周樹人：哎。

歌隊甲：怎麼了？

少年周樹人：有許多東西要買，看的和吃的，只是沒有錢。

歌隊乙：母親的錢，你拿來用就是了，還不就是你的麼？

少年周樹人：母親也沒有錢。

歌隊丙：可以拿首飾去賣！

少男周樹人：母親也沒有首飾。

歌隊：叱——

歌隊丁：也許你沒有留心。

歌隊甲：到大廚的抽屜裡。

歌隊乙：到梳妝檯的匣子裡。

歌隊丙：到角角落落去尋去。

歌隊丁：總可以尋出一點珠子之類的東西。

少年周樹人：不，不，不！

周樹人：這些話我聽去似乎很異樣，便不到鄰居家去了，但有時又真想去打開大廚，細細的尋一尋。

影子：大約此後不到一月，就聽到一種流言。

【歌隊唧唧喳喳，對周樹人和少年周樹人指指點點。他們走近時，歌隊又冷冷散去。待周樹人和少年周樹人走遠，他們重新開始嘰嘰喳喳。】

歌隊甲：他偷東西了！

歌隊乙：他偷家裡的東西了！

歌隊丙：他偷了他母親的首飾賣了！

歌隊丁：啊，真的嗎？

歌隊甲：哈哈，我親眼所見，還能有假嗎？

歌隊乙：哈哈，真是孽子啊，家裡破敗都那樣了，他還偷東西？

歌隊：他偷東西了，哈哈哈，他偷家裡的東西了……

【他們冷冷的圍住少年周樹人。】

少年周樹人：沒有，沒有，我沒有偷東西……

歌隊：他偷東西了，哈哈哈，他偷家裡的東西了……

【少年周樹人拉著他們，忙著解釋，歌隊甩開少年周樹人。少年周樹人摔倒在地。】

少年周樹人：沒有，沒有，我沒有偷我母親的首飾……（哭）

《魯迅在 S 會館》戲劇劇本

【歌隊慢慢走遠。】

周樹人：我猶如掉進冷水裡。流言的來源，我是明白的。

影子：倘是現在，只要有地方可說，我總要罵出流言家的狐狸尾巴來。

周樹人：但我那時太年輕，一遇到流言，便連自己也彷彿覺得真是犯了罪，怕遇見人們的眼睛，怕受到母親的愛撫……

影子：好。那麼，走罷！

周樹人：要想離開紹興，我想只有讀書一條途徑。而家道已經衰落，1898 年我到南京考取江南水師學堂，因為這裡不收學費。母親把包裹給我，又遞給我八元的車資。

【魯瑞把包裹遞給少年周樹人，又遞給他八元的車資。】

魯瑞：由你的自便……

【魯瑞哭。】

周樹人：這正是情理中的事，因為當時讀書考取狀元是正路，所以學洋務，社會上便以為是一群走投無路的人，只得將靈魂賣給鬼子，要加倍的奚落而且排斥……

歌隊甲：哈，中西學堂，誒湯椅子嘎尅特（模仿「Itisacat」的發音），椅子誒湯嘎瑞特（模仿「Isitarat？」的發音。）

歌隊乙：哈哈，那些洋鬼子假洋鬼子們聽好了：我只聽說野蠻人來學習華夏文化，從來沒聽說過華夏來學野蠻文化……

歌隊：哈哈哈……（搖頭晃腦的背誦）吾聞用夏變夷者，未聞變於夷者也……

影子：1899 年，周樹人改入江南陸學堂附設的礦務鐵路學堂。在這裡，周樹人接觸到了翻譯過來的西學，尤其是《天演論》。

少年周樹人：（背誦）「赫胥黎獨處一室之中，在英倫之南，背山而面

野，檻外諸境，歷歷如在機下。乃懸想兩千年前，當羅馬大將凱撒未到時，此間有何景物？計唯有天造草……」

周樹人：我這才知道世界上還有格物，還有算學，地理，歷史，繪圖和體操，還有物競天擇，還有蘇格拉底，還有格拉圖……

影子：像他的先祖們一樣，周樹人尋求著富國強國的途徑。

少年周樹人：1902 年我從礦物學堂畢業，考取官費留學。

影子：1902 年 2 月周樹人前往日本，先學日語，後學醫學。

周樹人：我的夢很美，預備卒業回來，救治像我父親似的被誤的病人的疾苦，戰爭時候便去當軍醫，一面又促進國人對於維新的信仰。

影子：1904 年，周樹人前往日本仙臺醫學專門學校，學習醫學。就在這期間，發生了一件改變周樹人命運的一件事。

【白色的幕布上，一個長頭髮辮的中國人被綁在中間，一個日本軍人舉著日本刀就要砍頭示眾。一群同樣是長頭髮辮的中國人站在臺前，表情麻木的觀看。】

周樹人：有一回，在上《微生物學》課時，教授放了當時的時事畫片，一個中國人被綁著，就要被日本軍人砍頭，一群麻木的中國看客便來鑒賞這示眾的盛舉。

【日本軍人砍頭，血染紅了白色的幕布。那群中國人表情依舊麻木。】

影子：這件事對周樹人刺激很大。

周樹人：我便覺得學醫並非一件緊要事，凡是愚弱的國民，即使體格如何健全，如何茁壯，也只能做毫無意義的示眾的材料和看客，病死多少是不必以為不幸的。

少年周樹人：所以壽裳，我們的第一要著，是在改變國民的精神，而善於改變精神的是，首推文藝，所以我們要首推文藝運動。

《魯迅在 S 會館》戲劇劇本

影子：1906 年，周樹人回到日本東京，他和同學袁壽裳一直研究討論三個問題。

周樹人：一，怎樣才是最理想的人性？二，中國國民性中最缺乏的是什麼？三，它的病根何在？

少年周樹人：許壽裳，字季茀，號上遂，紹興趙家阪人。1902 年以浙江官費派往日本留學，入東京弘文學院補習日語，與我認識，成為終身摯友。

影子：1909 年魯迅回國，謀食不易，先托關係進了浙江兩級師範學堂，卻因為參與去捉新任監督夏震武的「木瓜之役」而不能久待，只好回鄉教書。

周樹人：那些學生都是秀才出身，留著長辮子，他們中有的年紀已經很大了，而我當時虛歲只有三十歲，看上去很年輕。

【一群留著長辮子的學生上場。】

學生甲：這麼小的教員，我的兒子比他還大呢。

學生乙：咳，我的孫子比他都大呢。

學生丙：哈哈哈……

學生乙：（對甲）所以你該叫我爸爸。

學生甲：你怎麼說話的？

學生們：哈哈哈……

周樹人：當時我做化學和生理學教員。

影子：又一次你講硫酸。

青年周樹人：硫酸的腐蝕性很強，要是皮肉上蘸到一點，就會感到比馬蜂蟄了還要疼。

【學生乙拿著竹籤蘸了一點硫酸，放在學生甲脖子上。學生甲慘叫著摸著脖子。】

學生甲：啊——

青年周樹人：你做什麼？

學生乙：我想試試真不真。

學生們：哈哈哈……

學生甲：你為什麼不在你自己的脖子上試？（停頓）

眾人：哈哈哈……

影子：又有一次做氫氣的點燃展示實驗。

周樹人：我帶著燒瓶中的純氫氣等等實驗用品進了教室。

【學生們站在周樹人周圍，周樹人拿著燒瓶等實驗工具。】

影子：你發現忘記帶火柴了。

青年周樹人：同學們，我回辦公事去拿火柴。你們千萬別動燒瓶。

學生們：好的，好的……

青年周樹人：更不能放空氣進燒瓶裡，否則點火時燒瓶要爆炸。

學生們：好的，好的……

影子：你拿了火柴進了教室，繼續講課。

青年周樹人：氫氣不能自燃，但可以點燃。

【周樹人劃亮火柴，點燃燒瓶裡的氫氣。一聲爆炸，一股白煙冒出來。周樹人的雙手被炸得鮮血淋漓。】

青年周樹人：你們有沒有受傷？

學生們：沒有，沒有。（停頓）

【周樹人抬頭看，這才發現學生們早已站在遠處。停頓。】

青年周樹人：好的，好的。

【周樹人用抹布擦乾手上的鮮血。】

《魯迅在 S 會館》戲劇劇本

周樹人：這些年長的學生，對我這個青年教員講的話，是既不相信又相信，因為不相信，所以要試一試，因為相信，所以要在別人身上去試。

影子：正當你厭惡了紹興府中學堂的教學行政工作時，辛亥革命不期然的爆發了。對新生活的憧憬激發了你的活力，但很快又使你處於失望的邊緣。

周樹人：革命後的紹興，一派「咸與維新」的熱鬧景象。

【一群戴著面具的人無聲上場，有新派軍人，有留著長辮子的舊紳士，有穿著旗袍的太太們。他們動作輕柔，宛如鬼魅。他們開始跳舞。】

影子：然而當年絞殺革命的凶手未得到懲處，市井細民依舊渾渾噩噩，軍政官員和保守勢力沒幾天就打成一片……

【跳舞的人接吻。周樹人疑惑的望著他們。他穿過跳舞的人群，人群對他指指點點，無聲的哈哈大笑。跳舞的人做愛，周樹人憤怒的分開他們，可是他們很快又黏結在一起。他們指點著周樹人，無聲的哈哈大笑。周樹人和青年周樹人嘶力竭的叫喊著。】

周樹人：「壽裳，浙江紹興不可居，如果北上有職務，一定替我多多留意……」

青年周樹人：「壽裳，我想在別處找個工作，就是再遠也沒關係。這個地方再待不下去，我怕要死去……」

周樹人：南京臨時政府成立後，應教育總長蔡元培之邀，許壽裳任教育部僉事。

影子：其時，南京臨時政府給予蔡元培先生的，除了教育總長的名分和配給的一名會計員，其餘都靠蔡元培先生白手起家。

周樹人：在人手緊缺之際，壽裳向蔡元培先生推薦了我，一舉成功。

影子：1912 年 3 月初，周樹人前往南京教育部報導。1912 年 4 月 1 日，孫中山辭去了臨時大總統之職，臨時政府遷往北京，教育部也隨即遷往北京。

周樹人：1912 年 5 月 5 日，我來到北京，6 日坐騾車遷往教育部報到，時任社會教育司僉事，負責文化、科學和美術等職務。

影子：1912 到 1926 年，周樹人一直在北洋政府的教育部任職，先任僉事，並兼社會教育司第一科科長。

周樹人：樹人充教育部僉事，已有十四載，恪恭將事，故任職以來屢獲獎項。

影子：在京期間，周樹人曾參與以下公共事務：支持設計北洋政府國徽，參與京師圖書館及分館的建設。

周樹人：參建通俗圖書館。籌建歷史博物館。

影子：舉辦兒童藝術展覽會，審聽北洋政府國歌……

周樹人：1912 年 7 月 14 日，為了堅持自己的國民教育理念，蔡元培辭去教育總長職務，淡出政界。

影子：此別成終古，從茲絕緒言。

周樹人：故人雲散盡，我等亦輕塵。

影子：因為堅持原則，周樹人拒絕批示教育次長擬定的公文，得罪了教育次長，從此升遷無望。

周樹人：1915 年，我被任命為通俗教育研究會小說股主任。

影子：1915 年，袁世凱加緊復辟帝制的步伐，他要求通俗教育研究會為他的皇帝夢吹風點火。

周樹人：新上任的教育總長張一麐（麟）鼓吹家長制……

張一麐：宗法社會遂為中國社會之精神，一家人咸聽命於其家長，孝悌貞節，皆為美德，著於人心，蒸為風俗，此誠我國社會之特長……小說股的任務，愚以為應編輯極為有趣味之小說，寓忠孝節義之意。

周樹人：所以我們都是父母的奴隸，都是皇帝的奴隸，他們要我們怎麼樣，我們就怎麼樣，中國需要的是順民，而不是自由的人，解放之人……

《魯迅在 S 會館》戲劇劇本

影子：你這樣得罪教育總長，還怎麼會有升遷之希望？唉，你太意氣用事了。

周樹人：樹人寧願堅持理想，獨善其身。

影子：好一個獨善其身！你在北京過著實質性的單身生活，飲食起居殊少照顧，或暴飲暴食，或勞累過度，少年時老早落下的胃病、青年苦讀時的積勞在北京階段發作起來，失眠、眩暈、腹痛、背痛、感冒、發燒、痔疾等病症時常浮現，

周樹人：因患齲齒人到中年牙齒就一顆顆的掉落，最後裝上了假牙。

影子：1915 年 12 月，袁世凱稱帝。這歷史的倒退，周樹人似乎要將他的靈魂吞噬，使他陷入一生最寂寞、最孤獨、最苦悶、最無聊的時期。

【眾人裝扮成特務、官員、妓女和醉鬼，風花雪月，醉酒狂歡。影子現在是骷髏，他指揮眾人跳一場華麗的舞蹈。影子宛如偶形師，傀儡主，用一根看不見的線操縱著眾人。舞蹈中有驚叫，有奴役，有歡喜，有悲涼，但整個氛圍是麻木，荒涼，戲謔，殘暴。舞蹈也可以展示如下場景：一對青年男女被強迫著去拜堂，他們宛如牽線木偶一樣被眾人推來推去；有無愛的家庭婚姻生活展示，有狂暴的性愛展示，有吃人慘劇展示，有軍閥混戰展示，有革命者被砍頭時一大群人麻木的圍著觀看。這些展示和下面的對話一一對應。】

周樹人：洪憲帝制活動時，袁世凱的特務如陸建章的軍警執法處，繼承了明朝東廠的傳統。

影子：著實可怕，由它抓去失蹤的人至今無可計算。北京文官大小一律受到注意，生恐他們反對或表示不服，以此人人設法逃避耳目。

周樹人：大約只要有一種嗜好，重的嫖賭蓄妾，輕則玩古董書畫，也就多少可以放心。

影子：如蔡鍔將軍於小鳳仙，是有名的例子。

周樹人：我不會打牌，只好假裝玩玩古董，又買不起金石品，便限於紙片，收集些石刻拓本來看。

【眾人把周樹人圍在中央。】

　　影子：後來你又鈔起了碑文，編輯舊書，夜讀佛經。

　　周樹人：不過是為了打發時間。

　　影子：這等於是鴉片。

　　周樹人：沒錯，是在吸鴉片。

【骷髏拉著周樹人跳舞，周樹人任由他們擺布。槐樹開始旋轉起來，槐樹上的槐樹蟲旋轉起來。】

　　影子：那時候你有個筆名叫唐俟，你稱自己住的地方叫叫俟堂，待死堂。

　　周樹人：對，等待死亡的地方。

　　影子：沒有親人在旁，沒有子息繞膝。十年前初婚的傷痛不堪回首，也不願回顧。國事、家事，樣樣使周樹人感到煩心。玻璃廠的古書建成了他的精神避難的樂園，古籍和碑帖成了他建造精神圍牆的磚石。

　　周樹人：只是我自己的寂寞是不可驅除的，因為這於我太痛苦。我於是用了種種法，來麻醉自己的靈魂，使我沉入於國民中，使我回到古代中。

　　影子：後來周樹人又親歷或旁觀過幾樣更寂寞更悲哀的事，都為他所不願追懷，甘心使他們和他的腦一同消滅在泥土裡的。

【眾人加速旋轉，周樹人倒地。眾人吐出絲線，把周樹人緊緊裹起來。他們伸出手中利爪。】

　　周樹人：但我的麻醉法卻也似乎已經奏了功，再沒有青年時期的慷慨激昂的意思了。

　　影子：你在等待死亡。

周樹人：死亡是我歡喜的。

【眾人撲向周樹人。】

第四場　女吊男吊

【女吊上場，她穿著大紅衫子，黑色長背心，頭髮蓬鬆，手執柳樹做成的木鞭，上面用白色的紙錢裝飾。】

女吊：呔！

【眾人呆住。女吊手執柳鞭，驅打影子和眾人。】

周樹人：哈哈哈哈……

影子：別打我，別打我……

女吊：打得就是你。

影子：救命，救命……

【影子抱頭鼠竄，和眾人一起下。周樹人繼續喝酒。女吊陷入呆滯中，宛如精神病患者，她在重複周樹人對話中最後一個詞句。】

周樹人：哈哈，你們都來了。

女吊：來，了……

周樹人：這是個特殊的夜晚。

女吊：夜，晚……

周樹人：我知道你的名字。

女吊：名，字……

周樹人：你叫女吊，對不對？

女吊：對，不對……

周樹人：我在家鄉的戲臺上看見過你。

192

　　女吊：……見過，你……

【男吊上場，他也手執柳鞭。神態也宛如精神病患者。】

　　周樹人：你是男吊，對不對？

　　男吊：對……

　　周樹人：和他們一樣，你們也想要我的命……

　　女吊、男吊：命……

　　周樹人：只有找到替身，你們才能重新投胎轉世，再世……

　　女吊：再世……

　　周樹人：……為人

　　男吊：為人……

　　周樹人：我不明白，做鬼有什麼……

　　男吊：什麼……

　　周樹人：不好？

　　女吊：不好……

　　周樹人：我不懂。

　　女吊：不……

　　男吊：懂……

【停頓。貓頭鷹的叫聲刺破夜空。女吊和男吊獲得了活力。】

　　周樹人：我不懂，做鬼有什麼不好。

　　女吊：不好！

　　男吊：很不好！

　　周樹人：哦？

　　女吊：做鬼不能洗澡！

　　男吊：不能飲用美酒！

《魯迅在 S 會館》戲劇劇本

女吊：不能享用美食！

男吊：不能享受男女魚水之歡。

周樹人：哦⋯⋯

女吊：做鬼不能孕育生子。

男吊：不能兒女繞膝。

女吊：做鬼不能當官斂財。

男吊：做鬼不能當皇帝享用三宮六院九嬪七十二妃。

女吊：做鬼不能做女皇帝蓄養男寵掌握生殺予奪的大權。

男吊女吊：所以做鬼不好⋯⋯

周樹人：不好？

男吊：不好不好⋯⋯

女吊：但你想要做鬼，對不對？

周樹人：既然做鬼不好，我還做祂幹麼？

女吊：不不不，做鬼挺好的⋯⋯

周樹人：挺好的？

男吊：對對對，做鬼太好了。

周樹人：太好了？

女吊：是啊是啊，做鬼沒人管束，尤其是那種孤魂野鬼⋯⋯

男吊：做鬼不需人管不要人問，逍遙遊於天地間⋯⋯

女吊：做鬼不需要出人頭地，更不需要管理天下！

男吊：做鬼不需要娶不喜歡的老婆還不能離婚。

女吊：做鬼不需要吃飯就能衣食無憂。

男吊：做鬼不需要排解性慾壓抑人性欲望。

女吊：做鬼不需要伺候老母飼養家族。

男吊：做鬼不需要軍閥混戰民不聊生。

女吊：做鬼不需要做帝王腳下被肆意蹂躪的順民！

男吊：做鬼不需要目睹英法德俄美義奧日帝國主義焚燒我圍林，切割我山河……

女吊：做鬼不需要身體靈魂受到折磨，不需要每天問自己是生存還是毀滅……

周樹人：哈哈，你們說得我都想要做鬼了。

女吊男吊：歡迎歡迎，野鬼歡迎你！做鬼吧，你來做鬼吧！

周樹人：不過……

女吊：什麼？

周樹人：中國的鬼有一種壞脾氣。

男吊：不，我們脾氣好著呢，罵不還口，打不還手……

周樹人：中國的鬼有一種壞脾氣，就是找替身……

女吊：替身，我要替身……

周樹人：這完全是利己主義。

男吊：人不為己，天誅地滅！

周樹人：可是你們是鬼。

男吊：鬼不為己，就，就……

周樹人：就是什麼？

女吊：就是土鱉！

周樹人：哈哈，妙哉妙哉！

男吊女吊：人不為己，天誅地滅！鬼不為己，就是土鱉，就是土鱉！哈哈……

周樹人：哈哈，我都笑出眼淚了。

《魯迅在 S 會館》戲劇劇本

男吊：眼淚？哈哈……

女吊：眼淚？哈哈……

周樹人：哈哈，對，就是眼淚……

男吊：眼淚，我的瓊漿玉液。

女吊：眼淚，我的美食金礦……

周樹人：你們喜歡眼淚？

男吊女吊：（點頭）在哪裡？

周樹人：什麼？

男女女吊：你的眼淚在哪裡？

周樹人：在我的大拇指甲蓋上。

男吊：那隻手？

周樹人：似乎是左手。

【男吊和女吊爭搶周樹人的左手大拇指。】

周樹人：我記錯了，應該在右手大拇指甲蓋上。

【男吊和女吊爭搶周樹人的右手大拇指。】

周樹人：別搶，孩子們，我完全想起來了，我的兩隻大拇指甲蓋上都有我的眼淚……

【男吊和女吊分開，各自吸吮著周樹人的一個大拇指加蓋。】

周樹人：哈哈，好久沒有這樣痛快的笑過了。

女吊：舔著你指甲蓋上的眼淚，就像吞嚥雪山上的鹽巴，苦澀中帶著甘甜，啊，人間再也沒有這樣的美味！

男吊：啃著你指甲蓋上的眼淚，就像咀嚼海洋中的龍肉，香甜中帶著狂醉。啊，這樣的美味人間再也沒有！

周樹人：哈哈哈……謝謝你們，臨死前得到這種歡喜，完全是我想不到的。正如你們聽到的，我很願意舍去沉重的肉身，甘做自由的鬼魂……

女吊：哇呀呀……

男吊：嘩啦啦……

女吊：唏哩嘩啦美丫丫！

男吊：淒哩哼啦爽嚓嚓！

周樹人：但是有一個問題。

女吊：不會有問題……

男吊：不該有問題……

周樹人：我只有一個靈魂，可是你們卻是兩個，也就是說你們需要兩個替身。

女吊：沒錯……

男吊：所以……

周樹人：所以你們必須決定，在我死後，我做誰的替死鬼？你的還是他的？

女吊：沒錯。

男吊：真的是這樣啊。

女吊：他是我的，我最先來到，最先發現他！

男吊：他是我的，我最需要他！

女吊：我的！

男吊：我的！

女吊：要不讓他評評理。

男吊：你來決定死後歸誰所有。

周樹人：這個嘛，真的不好說。

《魯迅在S會館》戲劇劇本

女吊：沒事，你就說實話吧。

男吊：我們一定遵從你的意見。

周樹人：這個……好吧，我就勉為其難吧。嗯，說實話，我一直覺得女性是弱者，所以更應該得到一些補償……

女吊：哈哈，就是這樣，正是這樣……

男吊：你，你……

周樹人：不過呢，物競天擇適者生存，這是自然界的法則，也是宇宙的法則，我想，也一定使用於你們的鬼世界……

男吊：沒錯，誰厲害誰說話，誰的拳頭硬誰就該得到他的身軀……

女吊：你以為我怕你嗎？飯桶！

男吊：不妨我們比比看，窩囊廢！

女吊：死吊死鬼！

男吊：活出氣筒！

女吊：被男人拋棄了的死兔子！

男吊：被婆婆氣死的弱媳婦！

女吊：別走，吃俺一鞭！

男吊：讓我們大戰三百回合！

【他們打在一起。周樹人站在一旁觀看。舞臺上空徐徐掉下一個搖籃，周樹人開始慢慢搖晃搖籃。】

周樹人：噓——

男吊：怎麼了？

周樹人：星星眨了幾下眼睛，夜空這麼靜謐。可是親愛的吊死鬼們，還請不要大吵大嚷，孩子在睡覺，噓，孩子在睡覺……

女吊：噓，孩子在睡覺……

【嬰兒大聲的哭泣聲，周樹人搖晃搖籃。】

　　男吊：（小聲）我們去另一個地方……

　　女吊：去另一個地方……

　　男吊：看我怎麼收拾你！

　　女吊：看我怎麼收拾你！

　　男吊：我要扭下你的腦袋蘸醬吃……

　　女吊：我要挖出你的心炒肉吃……

【他們下。】

第五場　壁虎蝸牛

【周樹人搖晃著搖籃，嬰兒繼續哭泣。蝸牛上場，離他們很遠很遠的爬。】

　　周樹人：乖，不要哭，你要乖啊……

【嬰兒哭泣聲更大。】

　　蝸牛：（唱搖籃曲）羊羊羊，跳花牆。花牆破，驢推磨。豬挑柴，狗弄火。

　　小貓兒上炕捏餑餑，小貓兒上炕捏餑餑。

【周樹人看見蝸牛，渾身顫抖。在蝸牛唱這首兒歌時，嬰兒從搖籃裡鑽出來，他是隻壁虎。】

　　壁虎：好，真好聽。

　　蝸牛：謝謝。

　　壁虎：你還會唱別的歌嗎？

　　蝸牛：（唱《女兒經》）夫君話，就順應，不是處，也要禁。事公婆，如捧盈，修己身，如履冰。

《魯迅在S會館》戲劇劇本

【在唱這首歌時，周樹人倒在地上，就像聽見唐僧念緊箍咒的孫猴子一般。壁虎鼓掌，蝸牛害羞的低下頭。】

　　壁虎：蝸牛小姐，請你過來。

　　蝸牛：不！

　　壁虎：請你一定要過來。

　　蝸牛：不，不！

【蝸牛朝他們爬過去。周樹人恐懼的盯著蝸牛，周樹人躲在樹後。】

　　周樹人：不，請你不要過來。

　　蝸牛：我喜歡過去。

　　周樹人：我不要你過來。

　　蝸牛：不，不……

　　周樹人：真是該死！

　　壁虎：為什麼？

　　周樹人：不要問。

　　壁虎：你為什麼說該死？

　　周樹人：我不知道，我什麼都不知道。

　　壁虎：你不知道蝸牛是很可愛的動物嗎？她性格善良，與世無爭，味道非常鮮美……

　　蝸牛：所以很適合宰殺，成為人類的美食？

　　周樹人：不……

　　壁虎：哈哈，沒錯，蝸牛也是壁虎的美食……

　　周樹人：不……

【蝸牛轉身想要逃走，被壁虎一下子捕食了。】

　　壁虎：快來了，周樹人，我們一起吃掉蝸牛！

周樹人：不，不——

蝸牛：周樹人，來啊，快來吃我啊！

周樹人：不，不——

【蝸牛和壁虎追逐周樹人，周樹人逃離。】

壁虎：來吃她味道鮮美的肉！

周樹人：不——

蝸牛：來吃我味道鮮美的肉！

周樹人：不——

【周樹人逃走，跑下舞臺。】

壁虎：瞧，他逃走了。

蝸牛：他總是逃走。（停頓）我該走了。

壁虎：想走？沒那麼容易？

蝸牛：怎麼？

壁虎：我餓壞了。再不吞下點什麼東西，我的胃酸一定會把胃壁消化掉。

蝸牛：求你放了我。

壁虎：我會有什麼好處？

蝸牛：你知道，蝸牛肉並不好吃，而且，而且……

壁虎：什麼？

蝸牛：而且蝸牛肉還有毒，你只要吞下十分之一毫克的蝸牛肉，你也會四肢抽筋，心臟麻痺，五臟穿孔，六腑潰爛，七竅流血死去。

壁虎：為了逃命，你真會一派胡言！

蝸牛：我說的都是真的，那個騙你就是人！

壁虎：你以為我不知道嗎？哈哈……

蝸牛：什麼？

壁虎：難道你不就是人嗎？哈哈。

　　蝸牛：不錯，我就是人變的，怎麼樣？

【蝸牛去掉自己的外殼，她變成一個女人，她是朱安，周樹人的原配夫人。】

　　壁虎：哈哈，你是朱安女士，多有得罪！

【壁虎鞠躬，轉身離開。】

　　朱安：不要離去！

【朱安抓著壁虎的尾巴。】

　　壁虎：這是你的舞臺。

　　朱安：我不要你離開！我，我害怕……

　　壁虎：我的戲已經演完！

　　朱安：別離開我，求你別離開我！

　　壁虎：再見，魯迅的原配 —— 朱安女士！

　　朱安：不，不，不 ——

【朱安緊緊拽著壁虎的尾巴，壁虎用力拽自己的身體。壁虎的尾巴斷掉，朱安拽著壁虎尾巴倒下。】

　　朱安：不，我不要你離開，不要 ——

　　壁虎：祝你好運，朱安女士！

【壁虎下。】

第六場　朱安獨白

【在朱安獨白時，一對舊時代女性歌隊出現在舞臺上。】

　　朱安：不，我從沒有好運氣。運氣太差，才會托身成女人。要是托身成

男人，我一定會更幸福。也許更糟糕，也許會鬧革命，也許會早死。但有什麼關係。生命的本質在於光彩與熱烈，生命不是這樣孤寂和淒涼，但我的一生卻這樣孤寂淒涼，我結了婚，那個男人總躲著我……我好比是一隻蝸牛，從牆底一點一點往上爬，爬得雖慢，總有一天會爬到牆頂的。我總有一天會接近那個男人，那個我叫他丈夫的男人……

歌隊：天啊，這就是我的命運，這就是一個舊時代女人的命運……

朱安：我叫朱安，那個嫁給周樹人的女人。我們朱家在紹興也算世家，雖然破敗，畢竟有幾分體面。父親認為女人無才便是德，所以我不識字，還纏過足，是個步履緩慢不穩的小腳女人。

歌隊：三寸金蓮。你們知道纏足有多痛苦？你們知道把一雙大腳變成三寸金蓮女人要流下多少眼淚？

朱安：我的三根腳趾頭被生生給勒斷掉……

歌隊：男人需要三寸金蓮。男人需要畸形的腳，男人需要畸形的女人。男人塑造畸形的女人。女人為男人生產，再被男人改造。男人一定害怕女人，所以才想要奴役女人。

朱安：我長得並不漂亮，顴骨高，眼睛大小適中，但並不很有神；我的臉色微黃，身材發育得也不好，看上去帶著幾分病容。

歌隊：男人需要美貌的女人。相貌是評判一個女性的最基本標準。女人只是被觀看被玩味的對象。但很少有人懂得女人需要什麼，英俊的男人？陽剛的男人？威武的男人？剛正不阿的男人？

朱安：我沒出過遠門，沒有什麼見識。

歌隊：男人們說，「頭髮長，見識短」。他們說得對。可是我們女人被圈在家裡，養兒育女，伺候公婆，我們被拴在家庭的牢籠裡，只能這樣缺少見識。

《魯迅在 S 會館》戲劇劇本

朱安：關於我的出生年分，有人說是 1878 年，有人說是 1879 年，還有人說 1877 年、1880 年。我知道自己的出生年，可從沒有人問過我，在我死後，更不會有人再記得。

歌隊：在那個年代，沒人會記得一個女人的出生年月，女人不重要，所以一切不值得被銘記。如果你不是魯迅夫人，也不會有學者研究你的出生年月，更不會有人探究你的靈魂。你有靈魂嗎？

朱安：呀——

歌隊：你到底有沒有靈魂？

朱安：我有嗎？

歌隊：你沒有嗎？

朱安：我沒有嗎？

歌隊：你有嗎？

朱安：呀——

歌隊：你究竟是幸還是不幸？

朱安：我究竟是幸還是不幸？

朱安：在我二十歲時，因為父母挑剔，還沒有婆家。

歌隊：在當時的紹興，二十歲的閨女就是「老女孩」，要喚人做媒就只好屈配填房，要想原配，那就無人問津。女人只是待售的商品，和牛馬騾子一樣，年齡一過，就不再值錢。

朱安：父母已經顧不得挑三揀四，只希望為我找個門當戶對的人家。可是他們又不願我受委屈，成為人家的填房，去給人當後母找氣受。

歌隊：所以他們寧願將唯一的女兒嫁給東昌坊口的周家，儘管周家破落了，但怎麼說也是去做原配夫人，終究體面些。

朱安：1899 年，在雙方父母的安排下，雖然沒有周樹人參與，我還是和

周樹人訂立婚約，婚事拖了又拖。1903 年，周樹人也曾從日本回國探親，但婚禮並沒有舉行。1906 年，我差不多二十九歲了，在那個年代已經是個很老很老的女孩了。

歌隊：在當時的紹興，向有「養女不過二十六」的規矩，可是你早就過了二十六歲的年齡。

朱安：那個人，那個和我訂婚的人遲遲不來迎娶……

歌隊：他在日本念書，在學習革命，在閱讀文學，在研究國民性。男人畢竟要事業為重。你們已經訂婚，一棵繩上拴著的兩隻螞蚱，放心，他跑不了！

朱安：1906 年，婆母給遠在日本的大先生寫信，說她病重。

歌隊：周樹人猶豫了好久，知道這裡也許會有陰謀，但最終還是回到紹興老家。

周樹人：（聲音）我有一個母親，還有些愛我，願我平安，我因為感激她的愛，只能不照自己所願意做的做……

朱安：婆母提出要周樹人迎娶我，本來預備他會大鬧拒絕，沒想到大先生倒是點頭同意了。出乎所有人的預料。

歌隊：農曆六月初六，周樹人和朱安在周家新臺門的大廳舉行婚禮。

朱安：聽人說，大先生不喜歡小腳女人。我聽從家人安排，穿了一雙大鞋，鞋子前面塞滿棉花。坐在轎子裡，我頭頂紅蓋頭，心中忐忑不安，不知道以後的命運會將如何。

朱安：到了周家大門，在別人的攙扶下，我從轎子裡預備著站起來，沒料到，那雙大鞋，那雙大鞋……

歌隊：那雙大鞋毫無徵兆的掉在轎子前，露出朱安的一對三寸金蓮。

朱安：我羞愧極了，恨不得找個地洞鑽進去。我想，大先生也一定羞愧得要死。

《魯迅在S會館》戲劇劇本

歌隊：這個偶然的小插曲，似乎預兆了周樹人和朱安婚姻生活的諸多不幸。

朱安：洞房花燭夜，我這個二十九歲的老女孩，等待著生命中的第一次洗禮……

歌隊：朱安等了很久很久，卻只聽到一個男人放聲低哭的聲音……

朱安：洞房花燭夜，新婚的丈夫放聲在哭……

歌隊：他該有多傷心……

朱安：我的心沉入無底的黑暗中，我躲在被子裡，也無聲的哭起來……

歌隊：你哭的聲音沒有人聽到。

朱安：甚至連他都不知道。他在自己的世界裡哭泣。

歌隊：你在你的世界裡的哭泣。

朱安：我們就像宇宙中的兩團星雲。

歌隊：相隔著幾億光年的時空。

朱安：永遠無法望見。

歌隊：婚後第二夜，周樹人在母親房裡看書，半夜就睡在母親房中的另一張床上，第三夜也是如此……

朱安：婚後四天，大先生帶著弟弟周作人去了日本……

歌隊：離開了母親強加給他的女人……

朱安：那個叫做朱安的新婦……

歌隊：沒有人提到，朱安在新婚的三四天裡是怎樣熬過來的。

朱安：我是一動不動呆坐在新房裡呢？

歌隊：還是一邊垂淚，一邊聽那些過來人的現身說法？

朱安：他們教我如何慢慢熬出頭……

歌隊：女人的命都是這樣。只要像蝸牛，慢慢爬，慢慢熬，時間久了，

總能接近那個男人，總能等到大先生回心轉意的那一天。

　　朱安：慢慢爬，慢慢熬……

　　歌隊：爬得雖慢，總有一天會爬到牆頂的。

　　朱安：總有一天會我接近那個男人，那個我叫他丈夫的男人……

　　歌隊：1908 年 8 月，在母親的催促下，周樹人結束了長達七年之久的留日生涯，回到了故鄉，這給了寡居兩年的朱安帶來一絲希望。

　　朱安：結果只是更糟。大先生白天在外忙碌，很少回家。

　　歌隊：就是回家也總是看書很晚，獨自睡一屋。

　　朱安：我們的關係很奇特，既不爭吵。

　　歌隊：也不打架，平時不多說話。

　　朱安：但沒有感情，我們各歸各，各過各。

　　歌隊：不像夫妻。

　　朱安：婆婆問我怎麼還沒有生育。

　　歌隊：大先生話都不和我說一句，也不住在一起，怎麼會有孩子？

　　朱安：即使再怎麼迴避，畢竟還要經常碰面，還要維持夫妻的名分，這讓我們雙方更痛苦。

【周樹人和影子出現在舞臺上，非常頹廢。】

　　歌隊：從日本回國後的這兩年，魯迅的心情十分沉鬱，他因髮藍衫、不修邊幅的形象，使他顯得蒼老，而他實際上只不過剛剛三十歲。

　　影子：這一時期他拚命抽菸喝酒，近於自暴自棄。他在給自己的終生摯友許壽棠的信中說：我翻看古書，搜集古書版本，並不是為了學問，只是為了代替喝酒和找女人，就像是吸食鴉片。

【周樹人和影子上場，聲嘶力竭的叫喊著。】

　　周樹人：「壽裳，浙江紹興不可居……

《魯迅在 S 會館》戲劇劇本

影子：……如果北上有職務，一定替我多多留意……」

周樹人：「壽裳，我想在別處找個工作，就是再遠也沒關係……

影子：這個地方再待不下去，我怕要死去……

周樹人、影子：我怕要死去……」

歌隊：1912 年 3 月初，周樹人前往南京教育部報導。1912 年 5 月，周樹人前往北京任職，擺脫了妻子朱安，一個人安頓在 S 會館，這一住就是七年……

朱安：他能逃出去，可是我能逃到哪裡去？人生最好的時光都在獨孤和等待中耗去……

歌隊：先生，既然你和朱安毫無感情，你可以休掉你的妻子，這是做男人的特權！

朱安：你可以休掉我，你可以的……

周樹人：我也這樣想過，真正要做，難，太難了。你不知道紹興的習俗有多麼可怕，一個嫁出去的女人，如果被退回娘家，別人就會認為這是被夫家休回去的。

影子：那時家人的白眼，輿論的瘋狂，會無情襲來，從此她的處境將不堪設想，連累她家庭的社會地位，也會一落千丈。

周樹人：性格軟弱的女人，一般說是抵抗不住這種遭遇的，有的竟會弄到自殺的地步，了此一生。

朱安：可是你這樣鈍刀子殺人，更是疼痛殘忍。

歌隊：先生過慮了。

周樹人：生於斯世斯國，再過慮也不為過啊！

朱安：先生，朱安寧願被你濃烈的愛過，然後再被你淒慘的拋棄……

影子：先生是為朱安想得太多，為自己想得太少。或者簡直不想。

周樹人：這是母親給我的一件禮物，我只能好好的供養妻子，愛情是我所不知道的。

朱安：我只是一件禮物……

歌隊：你母親送給你的禮物。

周樹人：朱安是你母親的夫人。

影子：不是你的夫人？

周樹人：不是我的夫人。

朱安：可是我是你的妻子，你的結髮妻子……

周樹人：不，不是的，你只是一件禮物，母親送給我的禮物！

朱安：我只是一件禮物，一件婆母送給周樹人的禮物？

周樹人：這只是母親送給我的一件禮物……

朱安：我不是禮物，不是，不是，我是周樹人的原配夫人，原配夫人！

【槐樹轉個不停。扮演朱安的演員從角色中抽離出來。】

扮演朱安的演員：世上本沒有路，走的人多了，才成了路。世上有千萬條路，可是康莊大道上沒有女人，沒有一個叫朱安的女人。朱安有另一條路，一條舊時代女人走過千萬遍的路。

歌隊：朱安她不過是想做一個孝敬婆婆、恪守三從四德的傳統婦女，她最大的願望也不外乎嫁雞隨雞嫁狗隨狗，只可惜她是帶著一雙小腳被推進新時代的，她無力往前走。

扮演朱安的演員：朱安是個傳統女人，可是這不是她的錯，錯只錯在她嫁給了魯迅！未來我不知道，我只知道，在過去在現在，整個社會一直就由男人支配，女人只是配角、玩物和工具，滿足性慾和傳宗接代的工具。男人就不一樣，男人可以支配國家、社會和家族的命運，是時代的勇者，家庭的支柱，對我們女人有生殺予奪的權力。可是，說這麼多宣言有什麼用？絲毫

改變不了朱安的命運。

歌隊：你不是朱安！

扮演朱安的演員：沒錯，我不是朱安，我只是扮演朱安的那個演員。那個口口聲聲叫嚷想要自殺死去的人並不是魯迅，也不是周樹人，他也只是扮演周樹人的一個演員。甚至這個劇本並不是關於魯迅的，也不是關於周樹人的，更不是魯迅做過的夢。甚至這個劇本和魯迅毫無關係。對，毫無關係。這只是劇作家想像出來的一個夢，一個子虛烏有的夢。

歌隊：既然是夢，就該無拘無束，就該無關於真假，就該子虛烏有！

扮演朱安的演員：可是這樣說似乎也不對。畢竟，魯迅在 S 會館時期的那段時間，在他靈魂成長中十分重要，正是有了這樣一段的黑暗壓抑時期，才有了後來魯迅的吶喊，才有了現代文學史上的諸多名篇佳作。

歌隊：在沉默中，魯迅醞釀著爆發，也同時醞釀著一生中真正深沉博大的思想。

【眾人下場，魯迅和朱安也要下場，被眾人攔住。眾人下。】

第七場　愛情

【周樹人和朱安。】

周樹人：你怎麼來了？

朱安：我不該來？

周樹人：這很沒有意思。

朱安：什麼是有意思的？

周樹人：「路漫漫其修遠兮，吾將上下而求索。」（停頓）

朱安：日本有一種東西很好吃。

周樹人：什麼？

朱安：海乙那。

周樹人：海乙那？你是說豺狗吧。可是你怎麼會吃豺狗呢？

朱安：咳，至少這是談話的一個話題。

周樹人：咳，咳……

【周樹人坐在躺椅上。】

朱安：先生，先生……

周樹人：咳，咳，什麼事？

朱安：你孤身一人在北京，為妻很不放心。

周樹人：咳，咳……

朱安：為妻想了多日，不如，不如……

周樹人：什麼？

朱安：不如你在北京娶個小妾，生個兒子，也好延續周家煙火……

周樹人：哼，哼，荒謬……

朱安：先生，有了孩子，至少百年之後有人為我們上墳送紙錢……

周樹人：大謬！

朱安：先生……

周樹人：性交必須以愛情為前提，以婚姻為基礎……

朱安：我們之間沒有愛情，所以也就不能有別的？

周樹人：別吵，我要睡覺。

【周樹人睡著。天邊一顆流星劃破夜空。】

朱安：他睡著了，他總是睡著。在我身邊，他總想睡著，即使睜著眼睛，心也早已睡著。我們是捆綁成的夫妻，一根繩子拴著的兩隻螞蚱，一間暗室裡關著的兩個陌生人。可是我知道，他很寂寞，寂寞像野草在他心中瘋長。

《魯迅在 S 會館》戲劇劇本

他不知道，我也很寂寞，寂寞就像大毒蛇，纏住我靈魂。沒有人知道，從沒有人知道，我有多寂寞……先生，先生……

周樹人：別叫我。

朱安：你是我先生，除了叫你，我還能叫誰？

周樹人：什麼事？

朱安：我房裡鑽進一條大蛇，全身赤白，還帶著猩紅的點，可腰有水桶那樣粗。

周樹人：你在說夢話。

朱安：騙你是小狗。那條白花蛇張著血盆大口，吐著血紅的芯子，她在我的床上爬呀爬，我真害怕被她吞到肚裡去。我真怕啊……

周樹人：有這回事？

朱安：騙你是母狗。你可以問問二弟，他也看到那條白蛇。

周樹人：真的有這回事？

朱安：你摸摸，我的心到現在還撲通撲通直跳呢。

周樹人：呀，夫人啊，真的呀。

朱安：先生，寒夜漫漫，為妻一人獨守空房，好不害怕啊。

周樹人：夫人，寂寞乃是人生常態。

朱安：可是人都想要點樂趣，不是嗎？

周樹人：我的樂趣就是鈔古碑，讀佛經……

朱安：我的樂趣是進入你夢中，做一回夫妻……

周樹人：我們不早就是夫妻嗎？

朱安：我的意思是完完整整，真真切切，痛痛快快的做一回夫妻……

周樹人：我只和我愛的女人做夫妻。

朱安：所以你可以愛我一回。

周樹人：不。

朱安：至少愛我這一回。

周樹人：不……

朱安：至少在夢中愛我這一回……

周樹人：不……

朱安：這只是夢，你醒來之後並不會真愛我，也不會對你造成任何傷害，先生……

周樹人：不……

朱安：先生啊，在夢中你就假裝愛我一回吧？

周樹人：這真的是夢？

朱安：這只是夢，這一切只是夢。電光火花之間，巫山雲雨已成碎片，雲散高唐，雨落湘江。所以，醒來你並不會損失什麼，你還是你，我還是我，我們還是分隔兩地的陌生夫妻……

周樹人：夫妻之事必須以愛情為前提，以婚姻為基礎……

朱安：先生，我們名為夫妻，卻形同陌路。這不是我希望的，也不是你希望的。先生，愛我吧，至少愛我一次，至少在夢中愛我一次……

周樹人：我們之間不會有愛，永遠不可能有，即使在夢中……

朱安：先生，我知道你很寂寞，我也很寂寞。

周樹人：寂寞是人生的常態。

朱安：先生，為了理想生活，您一個人承受了多少苦難。為了安慰母親，您只好接受了您並不愛的我，您為了不和我同房盡量避免和我說話，您受了多大的委屈啊！先生，您總是孤零零的一個人，我也是孤零零的一個人，即使在夢裡，我們也是孤零零的一個人……

周樹人：你是孤零零的一個人，我是孤零零的一個人，即使在夢裡，我們都是孤零零的一個人……

《魯迅在 S 會館》戲劇劇本

朱安：（哭）你是一個人，我是一個人，我們都是一個人……

周樹人：呀，沒錯，我們都是孤零零的一個人……

朱安：在夢裡，我不要做你的禮物，我要做你的妻子，你疼惜愛憐的嬌妻……

周樹人：在夢裡，你不是魯迅的遺物，你是周樹人的妻，結髮嬌妻……

朱安：先生，在夢裡，你知道你會接納我，你一定會接納我，只要我像蝸牛努力爬啊爬……

周樹人：你就像蝸牛，努力爬呀爬……

朱安：終有一天，我會接近你……

周樹人：終有一天，你會進入我心靈……

朱安：我的夫啊 ——

周樹人：我的妻 ——

朱安：你是孤零零的一個人 ——

周樹人：我是孤零零的一個人 ——

朱安、周樹人：我們都是孤零零的一個人 ——

朱安：可是今晚……

周樹人：在今晚我們的夢裡……

朱安：你不是孤零零的一個人……

周樹人：我也不是孤零零的一個人……

朱安：我們是兩個人，卻又是一個人……

【舞臺上璀璨斑斕，火樹銀花。槐樹上開滿燦爛的花朵。眾多鬼魂上場，他們帶著婚禮的服裝，給周樹人和朱安穿上。】

周樹人：合二為一的一個人……

朱安：合二為一的一個人……

周樹人：嫁給我吧，美麗的妻。

朱安：娶我吧，魁武的夫……

鬼魂：一拜天地，二拜高堂，夫妻對拜……

【鬼魂們圍著朱安和周樹人跳舞，給他們送去祝福。】

周樹人、朱安：哈哈，我們不再是孤零零的一個人……

周樹人：夜空青得像海，月亮白得像帆，金色的星星給我們深深祝福。

朱安：帶著我飛翔吧，我們在大海上飛翔。

周樹人：像兩隻海鳥在海上飛……

朱安：像兩條大魚在水中游……

周樹人：又像兩隻蝴蝶……

朱安：在花中翩翩起舞……

周樹人：迎著那輪紅日……

朱安：迎著燦爛朝霞……

周樹人：我們永結同心……

朱安：永結同心……

周樹人：我的妻啊……

朱安：我的夫啊……

周樹人、朱安：我們再也不想分離……

第八場　笑話

【甲乙兩個人站在舞臺上，旁邊圍著一群人。旁邊的丙在吹奏音樂，丁站在一旁聽。】

甲：我的父親很好。

乙：我的父親很很好。

甲：我的父親比你父親好。

乙：我認為恰恰相反。

甲：你這樣不能說服我。

乙：你這樣也不能說服我。

甲：既然這樣，我們就分別講講我們的父親怎麼好。

乙：大家聽了也好做出判斷。

甲：這是個好主意。你先說吧。

乙：嗯，我的父親心地仁慈，不曾傷害別人，也從沒搶過別人的財務，待人正直公平，不說謊話，看到別人有困難，還願意幫助別人。

甲：我父親的品行，還要勝過你的父親呢。

乙：噢，說來聽聽。

甲：我父親從小到大一直就斷絕了淫欲，不做那種事的。

乙：你父親要是真的這樣，那又怎麼會生出你來的呢？

眾人：哈哈哈……

乙：那是因為我母親另找旁人生下了我。

眾人：哈哈哈……

甲：您的父親是個心地善良的好人，實在佩服，我的父親甘拜下風。

眾人：哈哈哈……

丙：大人，音樂演奏完畢，請您付錢。

丁：為什麼要付錢？

丙：剛才您明明說過，我演奏完音樂，您就給我一百兩白銀，現在可不能反悔啊！

丁：你奏樂給我聽，只是讓我空歡喜一場。我答應給你銀子，也是叫你

空歡喜罷啦。

　　眾人：哈哈哈。

　　丙：你怎麼這樣啊？

　　丁：你是個聽傻話便相信的呆子，我喜歡讓你空歡喜一場，我喜歡讓你空歡喜一場……

　　眾人：哈哈哈……

【雷聲，雨聲。周樹人和朱安上，眾人散去，分開他們兩人。他們帶走了朱安。】

第九場　　逃離

　　周樹人：朱安，朱安 ——

【美女蛇上，】

　　美女蛇：你是在叫我嗎？

　　周樹人：不是。朱安，朱安 ——

　　美女蛇：你的聲音那麼焦急，那個被你叫著的女人一定很幸福。

　　周樹人：不，我不認為她幸福。

　　美女蛇：可至少她被你需要。被人需要的感覺真好，宇宙中不再是冰冷的一個人，不再是冰冷的一個人。來，叫我的名字。

　　周樹人：對不起，我還有事……

　　美女蛇：叫我的名字，像叫她那樣叫我的名字……（她從懷中掏出匕首，舉起來。）

　　周樹人：我，我不知道你的名字……

　　美女蛇：（攔住周樹人）你很清楚我的名字，我可以原諒你的撒謊。來，叫我的名字，來，叫我美女蛇……

《魯迅在 S 會館》戲劇劇本

周樹人：我不想叫你名字。

美女蛇：你不喜歡？

周樹人：你的名字很漂亮，卻對我毫無意義。

美女蛇：請叫我名字，叫一次，只叫一次……

周樹人：對不起，我該走了。

美女蛇：我可以原諒你的無禮，我可以原諒你的薄情，我可以原諒你的撒謊，我卻不能原諒你對我名字毫無感覺。最後一遍警告你，叫我的名字，叫我美女蛇，否則你就死，死，死！

周樹人：對不起，我既不想叫你名字，更不喜歡被你威脅。我想，我們還是說再見得好。

美女蛇：再見？不，你別想逃走。

周樹人：你要怎麼樣？

美女蛇：即使是蛇也有尊嚴，被你這樣凌辱拒絕，我真是丟夠美女蛇家族的面子。但沒有關係，我可以讓你死，這是挽救我家族榮耀的唯一方法。

周樹人：要我死？我想，我還沒到死的時候。

美女蛇：可是你想要我取你性命，你答應過。

周樹人：是的，但那是過去。

美女蛇：怎麼？堂堂的魯迅先生，竟然也是一個說話不算數的無恥小人。

周樹人：對不起，我不是魯迅。

美女蛇：可是你終究要成為魯迅，你要成為那個獨一無二的人！

周樹人：所以，美女蛇，你不能殺我。

美女蛇：為什麼不能？我喜歡吸吮你，你的血鮮美可口，你的心滑嫩可口，我已經渴望許久。

周樹人：因為我還沒有變成魯迅。你這個時候殺死我，我就永遠不會變

成魯迅，中國歷史上將再也沒有魯迅，沒有這個唯一的魯迅！

　　美女蛇：你說得很對。這一層我倒沒想到。

　　周樹人：所以我們還是說再見吧，永不再見！

　　美女蛇：可是我不能放你走，我的肚子轟隆直叫，再不吃掉你，我將餓死在路上。

　　周樹人：如果我死去，世間再沒有魯迅……

　　美女蛇：不要給我提什麼魯迅，人不為己，天誅地滅……

　　周樹人：可是你只是一條蛇……

　　美女蛇：我是美女蛇。

　　周樹人：美女蛇也是蛇。

　　美女蛇：蛇不為己，人人土鱉。

【男吊和女吊上場。】

　　周樹人：我恐怕你今天不能吃我。

　　美女蛇：為什麼？

　　男吊女吊：因為他是屬於我們的！

　　美女蛇：哼，是你們！你們就喜歡在人背後搗亂。

　　男吊女吊：你不是人，和我們一樣！

　　美女蛇：他是我的！

　　男吊女吊：他是我的！

　　美女蛇：說一百遍，他是我的！

　　男吊女吊：說一萬次，他還是我們的！

　　美女蛇：你們這些臭吊死鬼，已經死過一次，我還可以讓你們再死一次。

　　男吊女吊：你這隻騷蛇精，我們還可以打你回原形！

　　美女蛇：呸，呸——

男吊女吊：吽，吽 ——

【他們打起來。】

　　周樹人：你們好好打，我要走了。

　　美女蛇、男吊和女吊：別走啊。

　　周樹人：你們好好玩，再見，再見。

　　美女蛇、男吊和女吊：別走，別走啊。

第十場　告別

【朱安站在一棵桃樹下，桃樹上開著美麗的桃花。桃樹旁是一口古井。周樹人上。】

　　周樹人：原來你在這裡。

　　朱安：我一直就在這裡。

　　周樹人：我找了你好久。

　　朱安：好久是多久？

　　周樹人：我想你，你覺得好嗎？

　　朱安：想我，你在夢裡想我？

　　周樹人：我不知道這是不是夢，我只是覺得想你，甚至是很想你。

　　朱安：先生，這是夢，你只是在夢裡想我。等你醒了，你便忘掉我，再也記不起我……

　　周樹人：安，這有什麼不好？我們在夢中相戀，難道還不夠嗎？

　　朱安：不，不，不 ——

　　周樹人：怎麼？

　　朱安：我是女人，大先生，我是你妻子，我要得更多。

周樹人：有多少？

朱安：我想要給你生個兒子⋯⋯

周樹人：你可以在夢中給我生兒子⋯⋯

朱安：夢中生兒子？

周樹人：對，夢中給我生兒子，夢中我們養他長大⋯⋯

朱安：夢，夢⋯⋯

周樹人：對，在夢中，我們養大兒子；在夢中，我們的兒子成為有用的人才；在夢中，我們的兒子娶了他心愛的女人；在夢中，我們的兒子永不遭受我們現實中的苦⋯⋯

朱安：夢，一切都是夢⋯⋯

周樹人：對，我更愛這個繽紛夢中世界，我願在夢中沉睡，我願夢中有你相伴，我願永遠在這個夢中不要醒來⋯⋯

朱安：可是我是你的老婆⋯⋯

【周樹人呆住。朱安突然變得粗俗起來。】

周樹人：不，你是我夫人！

朱安：不就是一個意思嗎？

周樹人：不，你說老婆總讓我想起那一位⋯⋯

朱安：哪一位？

周樹人：我們不說這個了⋯⋯

朱安：不，我們就談這個。老婆這個詞是不是讓你想起你厭惡的那個女人？

周樹人：沒有⋯⋯

朱安：真的沒有？

周樹人：對，在這個夢中，你就是我的老婆，我最親愛的老婆，我願意生死白頭的老婆⋯⋯

《魯迅在 S 會館》戲劇劇本

朱安：不，不，不——

周樹人：你不喜歡這樣的夢？

朱安：大先生，你不懂我……

周樹人：噢……

朱安：我是個女人……

周樹人：對，我夢中的女人，夢中永遠相愛的女人……

朱安：不，大先生，我要得更多……

周樹人：你還要什麼？

朱安：我想要現實中的愛，我想要現實中你的相伴，我要現實中和你做夫妻，我想要現實中生兒子……

周樹人：噢……

朱安：先生，我不要虛幻的我抓不住的飄渺的夢，不管多麼燦爛，它終究是夢啊。先生，我要愛，你真切的愛，能在寒夜中給我溫暖的愛……

周樹人：你走吧……

朱安：大先生，大先生……

周樹人：你把一切興致都破壞掉了，傻女人，你不明白嗎？我只能夢中給你這麼多，我只能給你這麼多……

朱安：大先生，它不夠，它遠遠不夠……

周樹人：所以，我們只好分別，永不相見！

朱安：即使在夢中世界也不相見？

周樹人：即使在夢中世界也永不相見。

朱安：不，大先生，不，你不能那麼殘忍。我是你老婆，你的老婆呀！

周樹人：你的淒厲叫喊並不能阻止我的決定。我們只是池塘裡的兩顆浮萍，偶然一陣寒風吹動，我們相聚在一起，可下一次寒風吹動，我們必然分

開，因為這就是我們的命運，絲毫由不得我們來決定……

朱安：你有一顆寂寞的心。

周樹人：它還很冷酷，僵硬，就像荒野天地的那塊大石頭。

朱安：留下我，在你的夢中留下我。

周樹人：時機錯過再不到來。

朱安：我只要那麼一點，那麼一丁點，沒有一顆浮塵多，沒有一顆眼淚重……

周樹人：傻女人，你的話讓我的心變得沉重，比現實中還要沉重。

朱安：我錯了，我錯了……

周樹人：我只想輕鬆的喘口氣，只想能搬掉心口的石頭，拉著一個女人的小手，我們一起抬頭看一眼青天，看一眼流星劃破天空，然後親個小嘴喝口小酒。這就是我最微小的願望。你的話讓我變得沉重，所以我們最好現在分開。

【美女蛇、男吊和女吊上場。】

美女蛇：他們在那裡！

【他們圍住了周樹人和朱安。】

周樹人：人生何處不相逢！

美女蛇：哈哈，我們又重逢了。

男吊：我們再也不會受騙上當。

女吊：看你還怎麼逃出我們手掌心。

周樹人：奇怪，你們竟然成了朋友？

美女蛇：只要利益一致，敵人也可以成為朋友！

男吊：我們共同的利益，就是殺死你，分食你的血肉！

女吊：沒錯，你逃不掉了，納命來！

223

《魯迅在 S 會館》戲劇劇本

朱安：別吵別吵，請讓我說完幾句話。

美女蛇：這樣不好吧。

男吊：算了，讓他們說吧。

女吊：不然死了也是冤魂，肉不好吃。

美女蛇：好吧，你可別想耍什麼陰謀詭計。

女吊：你們逃不出我們的手掌心！

男吊：你們逃不出！

【他們站在遠處，望著朱安和周樹人。】

朱安：先生，你是孤零零的一個人，我是孤零零的一個人。

周樹人：我們都是孤零零的一個人，可是這並不能讓我們能在現實中靠近半分。

朱安：我是你夫人，你一輩子的夫人……

周樹人：你是我心口的石頭，壓得我喘不過氣。

朱安：不管你到了那裡，橫豎總要人替你煮飯、縫補、洗衣、掃地的，這些事我可以做……

周樹人：在夢中，在夢中我們可以在一起……

朱安：我們生一群孩子……

周樹人：在夢中我們生一群孩子……

朱安：男的像你，女得像我，他們生生不息，永遠繁衍下去……

周樹人：在夢中他們生生不息，永遠繁衍下去……

朱安：只是在夢中？

周樹人：只是在夢中……

美女蛇：還有完沒完？

男吊：死到臨頭了，還眉目傳個狗情！

女吊：死到臨頭了，還卿卿我我個猴屁！

朱安：先生，我想要得更多……

周樹人：對不起，我只能給你這麼多……

美女蛇：快點！

男吊：快一點！

女吊：再快一點！

朱安：先生，你只能在夢中愛我？

周樹人：安，我只能在夢中愛你，這是我僅能給予你的……

朱安：我一直就明白，這就是真相，可是我總忍不住給自己更多幻覺……

周樹人：對不起……

朱安：現在我明白了真相，卻只覺得歡喜。先生，抱緊我……最後一次抱緊我……

周樹人：安……

朱安：再緊一點……

周樹人：安，我的安……

朱安：我好比是一隻蝸牛，從牆底一點一點往上爬，爬得雖慢，總有一天會爬到牆頂。可是現在我沒有辦法了，我沒有力氣爬了。

【朱安從懷中掏出一把匕首，放在周樹人的脖子上。】

周樹人：安，我美麗的安……

朱安：我待你再好，也是無用，終究只是一場迷幻之夢……

【朱安掏出另一把匕首，把它塞進周樹人手上，又拉著那隻手放在自己的脖子上。】

美女蛇：他們將要擁抱。

男吊：他們將要接吻。

《魯迅在 S 會館》戲劇劇本

女吊：他們將要殺戮。

周樹人：安……

朱安：先生，你不是願意我死掉嗎？在現實中，你不是這樣盼望好久了嗎？

美女蛇：他是這樣想！

女吊：男人都這樣想。

美女蛇、男吊和女吊：壞蛋，哈哈哈……

朱安：大先生，有時候我也盼望著你死。就像現在一樣，只要一刀，我就能結束你的生命。你不相信吧？哈，就連我自己都不相信我會有這樣恐怖的念頭。可是我真想你死啊，大先生，我給你做好棉褲，你把它從窗戶口扔出去，就好像它是一封寫滿羞恥和罪惡的情書，你恨不得把它絞碎撕個粉碎一把火燒掉精光；我把我們的被子放在一張床上，你又是摔盤子又是砸碗，還嚷著要把床鋸成兩半。天啊，你不該把床鋸成兩半，你該把我鋸成兩半。

周樹人：安，對不起，我的脾氣太狂暴，這都是多日壓抑的結果……

朱安：據說，嫁過兩個男人的女人，死後進入陰間，兩個男人都來爭搶她的身體，閻王就讓他們把女人的身體鋸成兩半，一人擁有一半……

男吊：沒錯，在陰間確實有這麼回事……

美女蛇：你怎麼知道？

男吊：咳，我那改嫁的婆娘進了陰間，就是這樣被我鋸成兩半的！

美女蛇：天啊，這麼恐怖啊！

女吊：這還不是最恐怖的，那個擁有三千嬪妃的皇帝死後，被他的三千愛妃鋸成三千塊，就連他從沒碰過面更不用說寵幸過的小妾……

朱安：她真可憐……

女吊：都分到了一隻大姆腳趾頭蓋呢……

美女蛇：哇，沒想到陰間這麼開放！

女吊：緊跟國際學術潮流，電子化辦公！

男吊：美女蛇小姐，您要是進了陰間，您會享受 VIP 部長級的待遇？

美女蛇：叱，誰稀罕那破玩意！

女吊：美女蛇小姐，您會享受唯我獨尊的女皇級待遇，怎麼樣，要不要來陰間？

美女蛇：呸，你們都要逃出來，還引誘我進騙局做什麼？

男吊：嘿，給你臉你還不要臉啊！

美女蛇：嘿，你說誰呢？說誰呢？

女吊：噓，別吵，趕快聽他們說完，我們好爭奪屍體吧！

男吊：對對對，那才是正事！

美女蛇：快說！

女吊、美女蛇、女吊：快說，快說——

朱安：大先生，我真恨不得也被你鋸成兩半！

周樹人：你想改嫁？

朱安：你想休掉我？

周樹人：沒有沒有……

朱安：你騙不了我的！

周樹人：有時候我想，你嫁給別的男人，一定會好點！

朱安：我也這麼想過。大先生，我真後悔嫁給你！

周樹人：我也後悔當時沒有反抗姆媽的命令，拖你陷入泥沼……

朱安：大先生，你也後悔了。

周樹人：我也後悔了。

美女蛇：還有完沒完了？

《魯迅在 S 會館》戲劇劇本

男吊、女吊：快點快點！

朱安：大先生，有一個辦法可以消除我們彼此的後悔。

周樹人：是什麼？

朱安：我們可以一起……

周樹人：一起什麼？……啊？

朱安：大先生，我們可以一起死去，這樣我們消除了後悔，還為了彼此殉了情，償還了彼此的歉疚，倒也公平合理，先生，你覺得怎樣？你喜歡這樣的結局嗎？

周樹人：不，安……

朱安：怎麼？你不想要死去？

周樹人：安，安……（匕首掉下）

朱安：你還有未完成的心願，所以你不想死去，對不對？

美女蛇、男吊和女吊：哈哈哈……

美女蛇：他還沒有變成魯迅！

男吊：他還沒有發出鐵屋子裡的吶喊！

女吊：他還沒有在人世間徬徨流離失所！

美女蛇：他還沒有成為民族的脊樑中國的骨氣！

朱安：所以只能是我一個人死去……

美女蛇、男吊和女吊：哈哈哈……

周樹人：安，安……

【周樹人跪下。】

朱安：現實的痛苦已經死亡，我對於這死亡有大歡喜。

美女蛇：死亡是解脫。

男吊：死亡是歡喜。

女吊：死亡是涅槃。

美女蛇、男吊和女吊：哈哈哈……

朱安：（搖晃桃樹）大先生，我要得更多，所以我不能留在你的夢中。謝謝你讓我進入你的夢，它美得讓我再也不想活在現實中，沒有你的愛和注視的現實不值得活下去。先生，我們都是一個人，孤零零的一個人。我已經太累了，走不動了……可是你要奔跑，你要在黑夜中奔跑，永遠不要停下來。你要成為那個人，你要成為那個叫魯迅的人！他在呼喚你。你在下一個階段和他重逢，所以我要在這個階段死去。

【桃樹倒地。】

周樹人：安，安……

朱安：大先生，我很高興為你死去。為你死去多麼幸福，在這個為你死去的夢中我多麼幸福，我得到你的愛，我成為你的妻子，我被你關懷寵愛，雖然它只是一個夢，破碎的夢，淒厲的夢，註定要消失的夢，可是美麗得奪我耳目……我甘願在這樣的夢中死去……

周樹人：安，美麗的安，多情的安，謝謝你的入夢，沒有你的關愛，我的夢同現實一樣冰冷。可是你來了，我多麼幸福，我願意永遠和你留在這樣的夢境中……

朱安：可是我要死，先生！

美女蛇、男吊和女吊：她要死去！她要死去！

朱安：（小聲）先生，我死後，他們會爭奪我的屍體，你就能逃掉。你要跑，一直往前跑，在黑夜中奔跑，永不回頭，永不回頭……

【朱安用匕首刺破脖子，漫天的血霧噴灑。】

周樹人：安，我的妻，我的妻……

美女蛇：香甜的血……

男吊：溫熱的血……

女吊：可口的血……

周樹人：你怎麼這麼傻？

朱安：我知道，這就是你想要的結局。往前跑，一直往前跑啊……

美女蛇：她是我的！

男吊：我的！

女吊：我的！

美女蛇、男吊和女吊：我的！

【三人爭搶朱安。】

周樹人：朱安 ——

朱安：跑，先生，往前跑啊！

周樹人：安 ——

朱安：往前跑，一直往前跑，成為那個叫魯迅的人！

周樹人：安，安 ——

朱安：先生，跑啊，跑啊，在黑暗中跑啊……

【幕落。】

聲音：1947 年 6 月 29 日，在凌晨這段時間裡，朱安女士孤獨的在北京的西三條寓所去世了，身邊沒有一個人，這個小腳女人，淒涼的走完了自己孤獨的一生。

第十一場　范愛農和周父

【周樹人奔跑，在黑暗的舞臺上奔跑。他倒在地上。】

周樹人：我不是那個人，我不是叫魯迅的那個人，他會是個名人，在中

國文學史上留下自己的名字。可是我不是。我並不是一個振臂一揮雲集著相對的英雄，我也不是天下歸一號令文壇的領袖，我只是個籍籍無名的周樹人，我做過很多夢。想要學醫，救助國民的身體，改善民眾的體質；後來棄醫從文，想要改善國民的精神，只有精神健強的民族，才能強盛，才能不受外國列強欺辱，自立於世界民族之林。富強，獨立，自由，剛健。這就是我夢想的祖國。我的夢很美，我發憤圖強，日夜勤奮看書，翻譯小說，努力寫作，創辦文學雜誌《新生》，我以為我能很快寫出優美文字，很快取得事業的成功，很快能出人頭地，榮耀家族⋯⋯我對自己充滿期待，我想像著自己飛得很高，但這只是個夢，一個欺騙自己的夢⋯⋯辛亥革命給我以希望，但很快就更加失望⋯⋯人生最苦痛的是夢醒了無路可走，做夢的人是幸福的，倘沒有看出可走的路，最要緊的是不要驚醒他。

　　范愛農：人兄⋯⋯

　　周樹人：你是？

　　范愛農：你還沒成為名人，就不認識我了？

　　周樹人：范愛農？

　　范愛農：哈哈，你還記得我！

　　周樹人：你已經死了！

　　范愛農：沒錯，我死了⋯⋯

　　周樹人：真是奇怪，我和死人見面⋯⋯

　　范愛農：方生方死，方死方生⋯⋯

　　周樹人：生？死？

　　范愛農：方可方不可，方不可方可！

　　周樹人：可？不可？

　　范愛農、周樹人：哈哈哈⋯⋯

《魯迅在 S 會館》戲劇劇本

周樹人：真有意思。

范愛農：誰說不是呢？對了，我託你幫我尋工作的事情如何了？

周樹人：噢，嗯……呀，愛農，你告訴我，死後的世界什麼摸樣？

范愛農：那裡也有軍閥，也有政客，也有革命，也有凶殺，也有死亡，也有背叛。凡是人間所有，那裡都會有。

周樹人：所以死亡並非大歡喜。

范愛農：不是，絕對不是。

周樹人：所以我不能選擇死亡。

范愛農：不能，至少現在不能。人兄，我託你找工作的事情如何了？

周樹人：噢，嗯……啊，愛農，我是多麼想你，我想要和死去的老朋友在一起……

范愛農：人兄，我也想你，所以我就來了，來到你的夢裡。人兄，你幫我聯繫工作了嗎？

周樹人：這，這……

范愛農：怎麼？人兄，你可是答應過我，一定會替我北上尋找工作的！

周樹人：愛農，實在對不住得很……

范愛農：你沒有幫我尋過工作？

周樹人：愛農，我到北平後，一直惦記著幫你找工作的事，我知道你也很想離開紹興，就是沒有什麼門路……

范愛農：人兄，你很了解我！

周樹人：我託了好幾個熟人詢問，都沒什麼結果，雖說你在日本留過學，可是你並沒有獲得過什麼文憑……

范愛農：你在北平，一手遮天，沒有你辦不到的事情……

周樹人：愛農，你知道在北平，除了壽裳，再沒有其他相熟的關係……

232

范愛農：我知道，你和他們一樣，都嫌我麻煩，不想管我的事情……

周樹人：我問了好幾個人，他們都說等等看，有消息會聯繫我……

范愛農：真的嗎？……

周樹人：可後來再也沒有消息……

范愛農：我懂了……

周樹人：我真的很抱歉，愛農，我想，要是我早點幫你找到工作，讓你早點離開紹興，你也不會失足落水死去……

范愛農：哈哈哈，人兄，有你這句話，我范愛農就沒白交你這個朋友！

周樹人：愛農，有人說你是失足死去的，我總疑心你是自殺，你是自殺死的嗎？

范愛農：把酒論天下，先生小酒人。大圜猶酩酊，微醉合沉淪。

周樹人：告訴我，你是自殺死的嗎？

范愛農：此別成終古，從茲絕諸言。舊朋雲散盡，餘亦等輕塵。

周樹人：告訴我，愛農！

范愛農：人兄，人都死了，還管那麼多俗事做什麼？

周樹人：哈哈，沒錯，愛農，你都死了，還翻這些舊帳做什麼？

范愛農：人兄，我們好久沒見了……

周樹人：沒錯，是該好好喝一頓黃酒了。

范愛農：我很想，可是我不能夠。

周樹人：為什麼？

范愛農：因為我要走了。

周樹人：不，我太累了，愛農，陪我喝酒，喝酒！

范愛農：你必須要成為你自己，成為一個叫魯迅的人……

周樹人：不，我已經很累了，我要留在這裡，我要躲在這個暗室裡，我

《魯迅在 S 會館》戲劇劇本

再也不要去外面拼殺……

　　范愛農：我走了。

　　周樹人：不，留下和我一起喝酒。

　　范愛農：再見，魯迅！

　　周樹人：魯迅？不，我不是魯迅，我不是！

　　范愛農：再見，魯迅，你多保重！

　　周樹人：愛農……

【范愛農消失。】

　　周父：阿章……

　　周樹人：誰在叫我？

　　周父：你看我是誰。

　　周樹人：父親？

　　周父：你還記得我。

　　周樹人：父親，我怎能忘掉你？

　　周父：你是個好孩子。

　　周樹人：父親，我不明白？

　　周父：什麼？

　　周樹人：您不是已經，已經……

　　周父：已經死了，對不對？

　　周樹人：對，您已經死了……

　　周父：傻孩子，父親不會死，父親永遠活著，你什麼時候需要，父親就什麼時候出現……

　　周樹人：父親，我不該在您離開人間的時候還大叫。

　　周父：我早忘了還有這事，況且，那也不是你的錯。

周樹人：如果我沒有大叫，你會走得更安詳一點，你就不會在地下還如此牽掛我們……

周父：阿章，不管你有多大，你永遠是父親心愛的孩子！

周樹人：父親，我還要再告訴你一件事……

周父：是什麼？

周樹人：我做的不好，辜負了您和母親的期望，我沒有發揚光大我們周家，我給我們家族丟臉了……

周父：你殺了人？

周樹人：沒有。

周父：你偷過盜？

周樹人：沒有。

周父：你出賣過朋友？你賣過國？你姦淫過別人的妻女？

周樹人：沒有，沒有，沒有……

周父：那不就好了！

周樹人：可是我沒有達到父親您那樣的期待！

周父：您終究會達到的！

周樹人：不，父親，您不明白，您不明白我已經三十六歲了，卻什麼成就還沒有達到……

周父：阿章，父親要告訴你一句話。

周樹人：……父親，我這一輩子已經完了，完了，我再也做不出什麼成績了！

周父：阿章，只要你取得好的成績，父親就感覺這一輩子沒有白活！

周樹人：父親，父親 ——

【周樹人抱著周父哭。】

《魯迅在 S 會館》戲劇劇本

　　周父：阿章，你從小就那麼善良，聰明伶俐，你會取得成績的，你會提攜你的兄弟，榮耀我們周家，你會榮耀中國，你一定會取得非凡的成績！父親會看到這一切的⋯⋯

　　周樹人：真的嗎？

　　周父：相信我，阿章，你會成為那個叫魯迅的人！

　　周樹人：不，不，我不要成為他⋯⋯父親，如果我沒有成為他，我，我還是您的兒子嗎？

　　周父：章兒！

　　周樹人：父親！

　　周父：不管你是誰，你都是我的兒子！

　　周樹人：如果我沒有寫出好作品！

　　周父：你是我兒子！

　　周樹人：我沒有發揚光大我們周家！

　　周父：你是我兒子！

　　周樹人：我一無所有，窮困潦倒，辜負了您的期望！

　　周父：你是我兒子，你永遠都是我的好兒子！

　　周樹人：父親，父親⋯⋯

【周父離開舞臺。】

　　周樹人：父親，別離開我，別離開我！

【遠處，一群魯迅小說中的人物出現在舞臺上，他們有祥林嫂、阿Q、九斤老太、孔乙己，狂人等，眾人輕輕呼喚。】

　　眾人：魯迅，魯迅⋯⋯

　　周父：瞧，他們在呼喚你，阿章，他們在呼喚他們的主人，只有你才能創造出他們，去吧，去寫作吧⋯⋯

第十一場　范愛農和周父

　　周樹人：父親，別離開我，別離開我！

　　眾人：魯迅，魯迅，魯迅……

【這個叫聲有致命的吸引力，周樹人不由自主的離開周父的懷抱，慢慢的走近眾人。】

　　狂人：我要告訴你，魯迅，妹子是被大哥吃掉的，中國四千年的歷史上寫滿「仁義道德」，可字縫裡卻只有兩個字 ── 吃人！

　　孔乙己：我要考考你，魯迅，這茴香豆的茴字，是怎麼寫的？回字有四種寫法，你可知道嗎？

　　阿Q：我要告訴你，魯迅，我總是被兒子打，呸，兒子打老子！

　　祥林嫂：魯迅，我真傻，真的，我單知道下雪的時候野獸在山裡沒食物吃，會到村裡來；我不知道春天也會有……

　　九斤老太：魯迅，瞧瞧他們都是什麼樣，我算是活夠了，這真是一代不如一代！

【他們像野獸一樣瞪著魯迅。眾人慢慢的包圍住了周樹人。】

　　周樹人：我不是魯迅！

　　祥林嫂：不是？

　　孔乙己：我看著也不像。

　　阿Q：他要是魯迅，天下所有人都是魯迅了！

　　九斤老太：咳，真是一代不如一代！

　　狂人：不，兄弟們，聽我的，他是魯迅，他絕對是魯迅！

　　祥林嫂：他是嗎？

　　孔乙己：看著像。

　　阿Q：我和魯迅是本家，他就長著這樣的嘴臉。

　　九斤老太：不管他是不是，反正我們需要一個魯迅，就拿他當是了！

《魯迅在 S 會館》戲劇劇本

眾人：你是魯迅！

周樹人：我不是魯迅！

眾人：我們需要你！

周樹人：放開我！

【周父在遠處慢慢的離開。】

周父：阿章，阿章……

周樹人：父親，等等我，等等我！

【周樹人衝了好幾次，無奈，眾人如銅牆鐵壁般牢固，周樹人衝不出去。】

周父：好兒子，成為魯迅，成為你自己，成為你自己，成為魯迅……

周樹人：父親，父親——

【周父下。】

眾人：成為魯迅，成為魯迅，成為魯迅——

周樹人：我不是魯迅，我不是……

狂人：他要拋棄我們，我們的救世主要拋棄我們！

祥林嫂：你把我寫的這麼愚昧麻木，現在又要拋棄我，我恨你！

眾人：我們恨你，恨你——

【眾人群魔亂舞，長出獠牙，折磨著周樹人，就如妖精折磨唐僧。】

祥林嫂：哎呦噢，摸一下魯迅噢，回去告訴阿毛啦——

孔乙己：哎呦噢，舔一下魯迅噢，下次就能考上狀元啦——

阿 Q：哎呦噢，抓一下魯迅噢，明天我就能做王啦——

九斤老太：哎呦噢，呸一下魯迅噢，晦氣一下子全沒啦——

狂人：哎呦噢，吃一口魯迅肉噢，我們就能長生不老啦！

【狂人舉起手中的刀。】

眾人：吃，吃，吃——

【眾人張開獠牙圍攻周樹人，周樹人節節敗退，最終被逼在角落裡。】

眾人：哎呦噢，吃一口魯迅肉噢，我們就能長生不老啦！

狂人：魯迅，中國有四千年吃人的歷史，我本來以為我是乾淨的，但到現在我才發現，我也是喜歡吃人肉的，我尤其喜歡吃你的人肉，魯迅的人肉——

眾人：吃，吃，吃——

周樹人：放開我，放開我！

眾人：吃，吃他，吃他！

周樹人：放開我，放開我！

眾人：不能讓他跑了，不讓讓魯迅跑了！

【狂人朝著周樹人砍去，周樹人躲開，奪走狂人手中的刀。】

周樹人：吃，你們來吃我啊！

眾人：……

周樹人：來啊，你們都來啊！

眾人：吃他，吃他，吃他！

【眾人對決，周樹人朝狂人和其他人砍去。】

周樹人：啊，啊，啊——

狂人：啊——

眾人：啊——

【眾人倒地。舞臺上漫天血霧飄舞。】

周樹人：從現在起，我是魯迅，我就是那個獨一無二的魯迅！

【狂人爬到周樹人腳下。】

《魯迅在 S 會館》戲劇劇本

狂人：魯迅，寫出我們的故事，我們的無奈，我們的悲哀⋯⋯

眾人：寫出我們的故事，我們的無奈，我們的悲哀⋯⋯

周樹人：我會寫出你們的故事，可是你們現在必須死去。（一一刺殺他們）血的文章必須用血做調味料才能寫出來。

狂人：謝謝你，魯迅！

【周樹人把眾人推倒，眾人倒地死去。】

周樹人：我終於發現，原來我也吃過人⋯⋯這個世界上沒有吃過人的人，還有沒有？不管如何，我會成為魯迅，我會成為那個獨一無二的魯迅！我會寫出你們的悲哀，你們要知道，那些悲哀同時也是我的悲哀，我們身心一體，痛苦也就一致。我會寫出我們這個民族的悲哀和憂傷，我會告訴世人，我們為什麼是這樣的臉孔，我們的人性為什麼會是這樣，它的病根何在⋯⋯

【骷髏影子上場，他帶著兩個酒葫蘆。】

影子：你要這個嗎？

周樹人：妙哉，妙哉！人生得意須盡歡⋯⋯

影子：莫使金樽空對月！

周樹人：哈哈哈⋯⋯

【他們一起喝酒。周樹人瘋狂的喝酒。】

周樹人：我忘記了一切，家事，國事，情感，身體的慾望，可是我為什麼還會感到如此悲傷？

影子：你踏血前行，帶著靈魂的碎片。

周樹人：我殺死了你們，彷彿殺死了我自己，我的心都變成了碎片，是的，我的心跟隨你們一起沉入黑暗⋯⋯

影子：進入陰霾的另一個世界。

第十一場　范愛農和周父

周樹人：是的，所以我才如此悲痛。我需要等待更合適的機會出發，現在是冬天了，我想，我需要冬眠……

【魯迅如喝醉酒的酒徒，東倒西歪。】

影子：就像那條蛇一樣……

周樹人：是的，就像那條蛇，我需要脫掉一層皮……

影子：所以，你和那條蛇都是一個？

周樹人：一個？

影子：所有人都是一個。

周樹人：一個？哈哈哈……

影子：所有的這些人都是你？

周樹人：哈哈哈……

影子：都是你的一個面相？

周樹人：哈哈哈……我現在太累了，讓我沉沉睡去吧，睡去……

影子：睡吧，睡吧，睡去吧……

周樹人：我知道，我會成為魯迅，我一定會成為魯迅，我會寫出作品，用為這些作品都來自我破碎的心，來自我靈魂最深處的吶喊，來自我靈魂最深處深深的渴望……

影子：睡去吧，睡去吧，睡去吧……

周樹人：不為證明什麼，只是表達我的那顆破碎的心，那個不安的靈魂，那個極度糾結的靈魂……

影子：他睡著了。終於睡著了。（用手摸周樹人的鼻孔）他睡著了，他並沒有死去。他只是睡著了。他現在想要待在暗室裡冬眠。在Ｓ會館的這段日子，終究會成為魯迅的陰影，也是他一生創造的源泉。讓我們祝福他吧，祝福這個文學史上耀眼的作家吧，祝福他的命運，祝福他的寫作，祝福他的

《魯迅在 S 會館》戲劇劇本

沉淪……終有一天，這個叫周樹人的人會再醒來，他會發出暗室裡的吶喊，他會成為那個中國現代文學史上最閃耀的明星，他會成為他自己……終有一天，他會成為那個叫魯迅的人！他會成為，他一定會成為……可是現在，噓，現在不要驚醒他的美夢，讓他睡去，讓他睡去，讓他睡去……

（全劇完）

第十一場　范愛農和周父

魯迅在 S 會館

作　　　者：劉紅卿

發 行 人：黃振庭

出 版 者：崧燁文化事業有限公司

發 行 者：崧燁文化事業有限公司

E - m a i l：sonbookservice@gmail.com

粉 絲 頁：https://www.facebook.com/
　　　　　sonbookss/

網　　　址：https://sonbook.net/

地　　　址：台北市中正區重慶南路一段六十一號八
　　　　　樓 815 室

Rm. 815, 8F., No.61, Sec. 1, Chongqing S. Rd.,
Zhongzheng Dist., Taipei City 100, Taiwan

電　　　話：(02)2370-3310

傳　　　真：(02)2388-1990

印　　　刷：京峯彩色印刷有限公司（京峰數位）

律師顧問：廣華律師事務所 張珮琦律師

國家圖書館出版品預行編目資料

魯迅在 S 會館 / 劉紅卿著 . -- 第一
版 . -- 臺北市：崧燁文化事業有限
公司 , 2022.06
　　面；　公分
POD 版
ISBN 978-626-332-396-4(平裝)
857.7　　111007595

定　　　價：320 元

發行日期：2022 年 06 月第一版

◎本書以 POD 印製

電子書購買

臉書